Anfang der achtziger Jahre: Die junge Französin Laura geht als Au-pair-Mädchen in ein Dorf unweit der Ostsee, erleichtert, ihrer zerrissenen Familie zu entkommen. Doch sie merkt schnell, dass es nicht nur die Sprache ist, die ihr hier fremd ist. Und dass es auch in dieser Familie Geheimnisse aufzudecken gibt. Aber das größte Geheimnis ist das eigene Erwachsenwerden. Brigitte Giraud schildert so einfühlsam wie aufwühlend ein Jahr in der Fremde und kommt mit leisem Humor deutsch-französischen Klischees und Vorurteilen auf die Spur.

»Eine Reise ins Unbekannte, von geheimnisvoller Schönheit und seltener Intensität.« *Libération*

Brigitte Giraud wurde 1960 in Sidi Bel-Abbès (Algerien) geboren. Sie studierte Deutsch und Englisch und arbeitete als Buchhändlerin unter anderem in Lübeck. Sie lebt seit langem in Lyon, wo sie ein Literaturfestival organisiert. Außerdem gibt sie bei ihrem Pariser Verlag Editions Stock eine Literaturreihe heraus. Brigitte Giraud hat mehrere Romane veröffentlicht, zuletzt erschien bei Fischer der Erzählband »Die Liebe ist doch sehr überschätzt«.

Weitere Informationen, auch zu E-Book-Ausgaben, finden Sie bei www.fischerverlage.de

Brigitte Giraud

Das fremde Jahr

Roman

Aus dem Französischen von
Anne Braun

FISCHER Taschenbuch

Erschienen bei FISCHER Taschenbuch
Frankfurt am Main, Januar 2014

Deutsche Erstausgabe
Die Originalausgabe erschien 2009 unter dem Titel
›Une année étrangère‹ bei Editions Stock, Paris

Satz: Pinkuin Satz und Datentechnik, Berlin
Druck und Bindung: GGP Media GmbH, Pößneck
Printed in Germany
ISBN 978-3-596-18966-3

Im Grunde hat es eine merkwürdige Bewandtnis mit diesem Sicheinleben an fremdem Orte, dieser – sei es auch – mühseligen Eingewöhnung und Umgewöhnung (…).

Thomas Mann, Der Zauberberg

Es beginnt in der Kälte eines deutschen Winters. Ich steige nach einer Reise von über tausend Kilometern aus dem Zug. Frau Bergen erwartet mich am Ende des Bahnsteigs. Groß, ernst und schön. Unser erster Wortwechsel ist kurz und vage. Ich bin mir nicht sicher, ob ich alles verstehe, was sie sagt. Aber ich nicke, um meinen guten Willen zu bekunden. Ich weiß nicht genau, warum ich hier bin. Was ich hinter mir lasse, lässt sich nicht in wenigen Worten zusammenfassen. Sagen wir der Einfachheit halber, dass es offiziell darum geht, mein Deutsch zu verbessern, das am Gymnasium meine erste Fremdsprache war. Ich bin gekommen, um zu lernen. Also verlieren wir keine Zeit! Ich bin damit einverstanden. Und ich lerne vom ersten Augenblick an, obwohl ich todmüde bin. Ich lerne, dass man nicht mit Turnschuhen auf Glatteis gehen kann. Ich lerne, dass ich trotz der vier Deutschstunden pro Woche über mehrere Jahre hinweg keinen einzigen kompletten Satz verstehe. Ich verstaue mein Gepäck hinten im Wagen, einem VW-Bus. Ich puste auf meine klammen Finger. Seit vierundzwanzig Stunden habe ich nicht geschlafen, aber ich bin jung und voller Ressourcen, wie meine Eltern immer sagen. Schauplatz des Geschehens ist eine Hafenstadt an der Ostsee. Ich bin vor kurzem siebzehn geworden.

Frau Bergen fährt langsam. Ich bemühe mich, nicht einzuschlafen. Sie stellt mir eine Frage, von der ich nur das Wort »Supermarkt« verstehe. Ich klammere mich an dieses Wort und nicke. Aber es ist nicht wirklich eine Frage, sondern eher eine Information. Und selbst wenn ich etwas dagegen hätte, würde mir das nötige Vokabular fehlen, um klar und deutlich zu sagen, ohne dass es abweisend klingen würde, dass ich nur eines möchte: schlafen. Frau Bergen wundert sich, dass ich nichts über die Landschaft sage; wir fahren über einen Fluss, dessen Namen sie mir nennt, und ich sage »Das ist sehr schön«. Ich weiß nicht, ob es wirklich schön ist, wage aber nicht, stumm zu bleiben. Es ist vor allem sehr weit weg von zu Hause. Und sehr weiß ist es auch – die Gehsteige, die Bäume und der Himmel. Wir fahren an einem Frachthafen entlang. Frau Bergen erklärt mir einige Dinge und lässt das Lenkrad los. Ich glaube, dass sie von Konservenfabriken erzählt, in denen ein Verwandter von ihr arbeitet, aber sicher bin ich mir nicht. Ich reime mir nur zusammen, dass es sich vielleicht um einen Bruder handelt, der

Heringe in Konservendosen einfüllt. Es könnte sich aber auch um ihren Ehemann handeln oder um den Bruder ihres Mannes. Wir fahren eine schmale Straße hinauf und halten dann auf dem fast leeren Parkplatz eines Supermarkts an.

Frau Bergen kauft einige Scheiben Leber für das Abendessen, nachdem sie mich gefragt hat, ob ich Leber mag. Natürlich, ich nicke wieder und lächle, um meine aufkommende Unsicherheit zu überspielen. Ich befürchte, dass ich meine Entscheidung, hierherzukommen, bereuen könnte, wenn ich nachher Leber esse mit einer Familie, die ich gar nicht kenne, viele Zugstunden entfernt von der Familie, die ich kenne. Wir gehen zur Kasse, und ich trage einen Beutel mit Kartoffeln und ein Roggenbrot. Es ist erst drei Uhr nachmittags, doch es wird bereits dunkel. Frau Bergen freut sich schon darauf, mir ihre Kinder vorzustellen, die zu Hause auf uns warten: Thomas und Nina, vierzehn und neun, das stand auf dem Infobogen, den ich erhielt, ehe ich mich für diese Stelle entschied. Ich habe etwas gezögert, als ich das Alter des Jungen las, dann aber beschlossen, dass das nichts ändern würde.

Ich hatte nicht darauf geachtet, dass das Haus außerhalb der Stadt liegt. Wir nehmen eine Schnellstraße und fahren ungefähr zwanzig Minuten lang im Dunkeln an einem verschneiten Wald entlang. Frau Bergen schaltet das Radio ein und erzählt mir vom Ausgang der letzten Wahlen. Ich weiß nicht, um welche Wahlen es sich handelt, nehme mir aber vor, gleich am nächsten Tag eine Zeitung zu kaufen, um über die Einzelheiten meines neuen deutschen Lebens auf dem Laufenden zu sein. Die Scheibenwischer und Scheinwerfer sind eingeschaltet, als wir über eine nassglänzende Straße fahren, und ich erahne, was den Norden vom Süden trennt. Vor einer großen Villa, die alleine in der Nähe der Eisenbahnschienen steht, halten wir an. Ein Hund stemmt mir seine Pfoten auf die Hüften, schnuppert an meinen Schuhen und an meinem Gepäck, während die Kinder vor dem Fernseher sitzen bleiben. Ich stehe im Eingangsbereich, mit nassen Füßen, und kann vor Müdigkeit die Augen kaum noch aufhalten. Ich bin Laura, ein junges Au-pair-Mädchen, in seiner provisorischen Heimat für die nächsten sechs Monate. Vermutlich war es ein Fehler, hierherzukommen. Ich weiß es noch nicht, aber ich kann nichts von dem verhindern, was geschehen wird.

Es sind die Kinder, die mich in mein Zimmer führen, einen kleinen Raum im Keller, unter der Treppe gelegen. Ich würde gern fragen, wo dieser starke Benzingestank herkommt, aber ich kenne nicht alle nötigen Wörter, um einen korrekten Satz zu bilden. Also behalte ich die Frage für mich und begnüge mich damit zu lächeln und mich mit dem zufriedenzugeben, was man mir gibt. Ich stelle meine Reisetasche auf das schmale Bett. Thomas öffnet den Schrank und zeigt mir die leeren Regalfächer und den Spiegel an der Innentür. Frau Bergen kommt etwas später nach und entschuldigt sich für den Benzingestank. Thomas stelle sein Mofa immer direkt über dem kleinen Klappfenster ab. Tatsächlich kann ich durch die Muster des Vorhangs ein Zweirad erahnen. Ich sage: »Ja, natürlich«, weil mir nicht einfällt, was ich sonst sagen könnte, zum Beispiel der Vorschlag, dass Thomas sein Mofa auch woanders parken könnte. Frau Bergen will mir gleich noch das Untergeschoss zeigen. Hier die Waschküche mit einer Waschmaschine und Wäsche an einer Leine, dort der Heizungskessel und gegenüber meinem Zimmer ein komplett mit Holz getäfelter Raum, »Diskothek« genannt, mit einer Bar, Barhockern, einer Sitzbank und einer kleinen Tanzfläche.

Ich weiß nicht, was ich tun soll, nachdem ich meine Kleidung im Schrank verstaut und meinen kleinen Kassettenrekorder auf den Nachttisch gestellt habe. Das Einfachste wäre, unter die Decke zu kriechen und mich der Traurigkeit hinzugeben, die ich verspüre. Aber ich habe Angst, mich gehenzulassen. Nur kein Müßiggang! Ich mache die Schranktür auf, setze mich auf das Bett und betrachte mein Spiegelbild. Wie konnte ich mir vor der Abreise nur diesen grässlichen Haarschnitt verpassen? In meinem Zimmer in Frankreich habe ich Strähne um Strähne abgeschnippelt, bis meine Haare so rappelkurz waren, dass man die Kopfhaut durchschimmern sah. Aus Angst vor meiner Mutter habe ich mich nicht mehr aus meinem Zimmer getraut. Mit einem Anflug von Mitleid in den Augen hat sie mich gefragt, warum ich mich derart verschandelt habe. Hier nun, vor dem Spiegel in meinem deutschen Zimmer, wird mir klar, dass meine Mutter nicht unrecht hatte. Morgen werde ich mir Gel kaufen, um meinen neuen Kopf einigermaßen in Form zu bringen. Ich weiß nicht, ob ich nach oben ins Wohnzimmer gehen soll, wo die Kinder sicher wieder vor dem Fernseher sitzen, oder ob ich Frau Bergen in der Küche helfen muss. Als ich die Treppe hinaufgehe, betritt Herr Bergen gerade das Haus. Es ist kurz vor sechs, und wir setzen uns bald darauf an den Tisch.

Alle reden. Viel. Schnell. Laut. Ich klammere mich verzweifelt an einige Wörter, die wichtig sein könnten. Dann verliere ich den Faden, schweife ab, um im letzten Augenblick wieder in die Unterhaltung einzutauchen. Manche Fragen müssen sie mir zweimal stellen, und ich ziehe die Augenbrauen hoch und schaue Herrn Bergen fragend an, als er wissen will, ob es mir etwas ausmachen wird, so früh aufzustehen. Die Kinder müssen um halb acht in der Schule sein, und ich soll Nina zum Bus begleiten. Frau Bergen hat die größte Scheibe Leber auf meinen Teller gelegt, noch bevor ich protestieren konnte, aber ich weiß, dass ich dieses Riesenstück niemals hinunterbringe. So stehe ich gleich bei der ersten Mahlzeit vor zwei unlösbaren Problemen: mit diesem großen Stück Fleisch fertigzuwerden, von dessen Geruch mir schon übel wird, und mir gleichzeitig die Unmenge von Informationen für den nächsten Tag zu merken. Noch etwas macht mir Sorgen: Bestimmt fragen sich alle, wer dieses dümmlich dreinschauende, fast stumme Mädchen ist, das immer nur lächelt und fragend von einem zum anderen schaut; dieses ganz offensichtlich von der Situation überforderte, verlegene Mädchen; das vermutlich ganz nett ist, da es die ganze Zeit den Hund streichelt, während es auf seinem Teller herumstochert; es muss ein armes kleines Ding sein, denn die merkwürdige Frisur verrät, dass es irgendwie gestört ist. Ich springe auf, um Frau Bergen meine Hilfe anzubieten und mit ihr in die Küche zu gehen, doch sie gibt mir zu verstehen, dass ich mich wieder setzen soll. So bin ich weiterhin den Fragen der Kinder und den mysteriösen Ratschlägen des Ehemanns ausgesetzt, der zu allem Überfluss auch noch das R rollt. Ich hoffe, dass sie irgendwann nicht mehr auf meine Leber starren, aber nein: Diese bleibt im Mittelpunkt der allgemeinen Aufmerksamkeit, und alle lachen über meinen mangelnden Appetit. Herr Bergen vergisst darüber sogar, das Fett von seinem Schnurrbart zu wischen. Alle scheinen sich bestens zu amüsieren, werden noch lauter. Die Eltern öffnen ihre zweite Bierflasche und greifen zu ihren Zigaretten. Die Kinder spielen mit dem Hund, der kläfft, doch das scheint niemanden zu stören. Jeder setzt sich in Szene, schreit mehr, als dass er spricht, und ich habe Angst, dass ich nicht mitbekommen habe, was mich am nächsten Tag erwartet. Alle haben etwas zu erzählen, aber niemand hört den anderen zu. Niemand fragt mich, wer ich bin, woher ich komme und warum ich nicht zu Hause geblieben, sondern zu ihnen gekommen bin.

Es ist Nina, die am nächsten Morgen um sechs an meine Tür klopft, und ich habe das Gefühl, dass sie eine Nacht unterbricht, die meinetwegen ewig hätte dauern können. Der Heizkessel unweit meines Zimmers brummt laut. Nichts rührt sich im Haus. Nina bereitet sich ihr Frühstück allein zu, und sie sagt mir sogar, was ich tun muss. Im grellen Licht der Küchenlampe sitzen wir uns gegenüber, und ich spüre, dass sie mich beobachtet, als käme ich von einem anderen Planeten. Ich kann die Kaffeemaschine nicht bedienen und öffne alle Schränke, bis ich gefunden habe, wonach ich suche. Die Sätze, die sie sagt, klingen ausnahmslos wie Rätsel, die ich entschlüsseln muss. Ich fühle, dass ich Nina enttäusche, und habe Angst, ihre Erwartungen nicht zu erfüllen. Ich spüre, dass sie mich beurteilt, ich weiß nicht, ob sie mich unterhaltsam oder hoffnungslos findet. Sicher ist nur, dass sie mir ihr Know-how und ihre Selbständigkeit demonstriert. Es fehlt nicht viel, und sie wird sich über mich lustig machen, aber vorläufig testet sie mich noch. Ich muss das Kommando wieder übernehmen. Folglich sage ich, sie solle sich waschen gehen und ihre Schultasche herrichten. Doch sie korrigiert meinen Satz. Noch habe ich Probleme mit den direkten und indirekten Ergänzungen bei Verben, was im Deutschen rasch zu einem Drama werden kann. Und ich weiß noch nicht, ob die Eltern »schon weg« sind oder »noch schlafen«. Nina bittet mich, ihre langen Haare zu kämmen, was ihr die Gelegenheit gibt, vor dem Badezimmerspiegel vor Schmerzen zu quieken und mir finstere Blicke zuzuwerfen. Als wir aus dem Haus gehen, sehe ich die beiden Autos der Eltern vor der Garage stehen. Im Haus ist noch alles ruhig.

Wir gehen im Dunkeln zur Haltestelle des Schulbusses, wo wir als Einzige warten. Der Wind verbiegt die Bäume am Waldrand, und der Schnee fällt in dicken Brocken von den Zweigen. Nina steigt in den Bus, ohne sich von mir zu verabschieden. Ich weiß nicht, ob ich das lange ertragen werde, schon im Morgengrauen durch den eisigen Wind zu stapfen, während die Eltern des Mädchens, um das ich mich kümmern muss, tief und fest schlafen. Es gibt da etwas, das ich nicht verstehe, etwas, das man mir vermutlich erklärt hat, ich aber nicht mitbekommen habe. Auf dem

Nachhauseweg gehe ich an den Schienen entlang, die Kapuze tief ins Gesicht gezogen, und frage mich, weshalb ich überhaupt zu den Bergens zurückgehe, über die Schwelle ihres Hauses trete, obwohl mich nichts dazu zwingt. Unterwegs halte ich nach den ersten Anzeichen des anbrechenden Tages Ausschau, aber die Nacht scheint ewig zu sein, und außer dem Knirschen meiner Sohlen im Schnee ist alles ruhig.

Als ich das Haus wieder betrete, brennt Licht im oberen Stockwerk, und im Wohnzimmer läuft bereits der Fernseher. Thomas kommt die Treppe herunter, stellt seine Schultasche auf den Tisch und trinkt im Stehen ein Glas Milch. Wir wissen nicht, was wir reden sollen, ich teile ihm jedoch mit, dass es draußen kalt ist, als wäre es eine Enthüllung. »Es ist kalt« – hoffentlich würde ich diese schlichte Wortfolge nicht jeden Morgen sagen müssen, nur um das belastende Schweigen zu durchbrechen. Ich würde Thomas gern fragen, wie viele Kilometer er fahren muss und ob es nicht anstrengend ist, die Strecke auch im Winter mit dem Mofa zu fahren, aber er scheint es eilig zu haben, und ich wage nicht, damit anzufangen. Ich würde ihm aber gern zu verstehen geben, dass ich nicht gleichgültig bin, dass er ebenfalls auf mich zählen kann. Thomas geht aus dem Haus, und ich bleibe in der Küche stehen und weiß nicht, was ich tun soll. Es stört mich, dass die Eltern noch nicht aufgestanden sind. Wird es jeden Tag so sein? Ich räume die Tassen und das Besteck in die Spülmaschine, wische den Tisch und die Arbeitsplatte ab. Dann räume ich die Müslikartons und die Erdnussbutter weg, spüle die Töpfe und die Pfanne vom Vorabend, die noch im Spülbecken stehen. Ich leere die überquellenden Aschenbecher und suche anschließend lange nach der Fernbedienung, um den Ton des Fernsehers leiser zu stellen. Auf dem Bildschirm sehe ich eine junge Frau auf einem Heimtrainer, die mit einem strahlenden Lächeln auf den Lippen in die Pedale tritt – so, als sei sie unerwartet im Paradies gelandet. Ich warte, bis es hell wird, um den Ernst meiner Lage einzuschätzen. Es ist genau, wie ich befürchtet habe: auf der einen Seite nur verschneite Felder, auf der anderen ein Wald, sowie eine schmale, leere Straße zwischen Birken und Tannen. Ich schaue durch das große Glasfenster in die Ferne, um mich zu vergewissern, dass ich nichts Wesentliches übersehen habe. Nein, das war schon alles, das nächste Haus ist mindestens fünfhundert Meter weit weg. Aus Angst, den Eltern über den Weg zu laufen, traue ich mich nicht ins obere Bad. Ich muss mich mit der kleinen Toilette begnügen, in der es auch eine Dusche gibt. Dort schließe ich mich ein und spitze die Ohren. Ich genehmige mir eine heiße Dusche und frage mich, wie mein erster Tag wohl verlaufen wird.

Ich sitze vor dem Fernseher, als Herr Bergen die Treppe herunterkommt, kurz nach neun, und es ist mir peinlich, dass er mich auf dem Sofa sitzend antrifft. Ich springe auf und versuche, mich ganz natürlich zu geben. Ich weiß nicht, ob ich auf ihn zugehen soll oder ob er auf mich zugeht, umso mehr, als wir beide kein Wort sagen. Muss ich ihm sein Frühstück zubereiten? Ehrlich gesagt, habe ich keine Ahnung von meinen Aufgaben. Muss ich mich nur um die Kinder kümmern? Den Haushalt führen? Soll ich mich als Hausangestellte sehen oder spiele ich eine genauer definierte Rolle? Auf dem Formular der Vermittlungsagentur für Au-pair-Mädchen stand genau, wie viele Stunden pro Woche ich im Dienst der Kinder und des Hauses tätig sein muss, aber von der Aufteilung dieser Stundenzahl stand nichts da. Im Gegenzug würde ich eine gewisse Geldsumme erhalten und hätte auch Zeit, um meine Sprachkenntnisse zu verbessern. Das Formular mit dieser Vereinbarung steckt in meiner Tasche, unterzeichnet und abgestempelt. Ich warte darauf, dass mir die Bergens die Spielregeln erklären. Doch nur der Herr des Hauses ist auf den Beinen, er steht im Morgenmantel in der Küche, zündet sich seine erste Zigarette an und tut so, als wäre ich nicht da. Ich bleibe reglos vor dem Fernseher sitzen und fühle mich total überflüssig. Wäre das Haus nicht so abgelegen, hätte ich frisches Brot eingekauft, um zu beweisen, dass ich durchaus zu etwas fähig bin. Doch ich bin zur Passivität gezwungen, fühle mich wie amputiert. Ich kann weder ich selbst sein noch sagen, wer ich bin.

Ich wage nicht, in Herrn Bergens Richtung zu blicken. Ich bleibe lieber auf der Kante des Sofas sitzen, die Fernbedienung in der Hand, und tue so, als interessiere ich mich für das, was im Fernsehen kommt, und versuche, Licht in den Wirrwarr aus Subjekt-Verb-Objekt-Nebensatz zu bringen. Zum Glück nimmt sich der Hund meiner an, und ich kann etwas tun und somit vorgeben, mich hier einzuleben. Einen Hund zu streicheln hat oft diese Funktion: Man freundet sich mit dem Tier an, um sich bei seinem Herrchen einzuschmeicheln und um eine Leere auszufüllen. In diesem Moment ist es jedoch meine einzige Sprache: den Kopf des Cockerspaniels zwischen meine Knie zu nehmen und darauf zu warten, dass etwas passiert.

Herr Bergen kommt ins Wohnzimmer, mit seinem Kaffee und seiner Zigarette, sagt einen Satz, von dem ich kein Wort verstehe außer »schlafen«, doch ich weiß nicht, ob er mich fragt, ob ich gut geschlafen habe oder ob er mir mitteilen will, dass Frau Bergen noch schläft. Oder aber er sagt, er selbst hätte schlecht geschlafen. Wie soll ich das unterscheiden? Ich beschränke mich darauf, lächelnd etwas zu murmeln. Er fragt mich, ob ich auch einen Kaffee möchte, und ich bin ihm dankbar, dass er mich etwas tun lässt, und sei es auch nur, den Zucker zu holen sowie einen Kaffeelöffel – das ist schon mal der Ansatz zu einer Handlung. Eine unbedeutende Tätigkeit, die weitere Tätigkeiten einläuten wird, und damit wird dieser Tag an Konturen gewinnen, wie ich hoffe, während Herr Bergen mir beinahe den Rücken zudreht, als er sich in einen Sessel setzt und eine dichte Rauchwolke seine schwere Silhouette einhüllt. Ich ertrage die Stille nicht mehr, die herrscht, obwohl im Hintergrund der Fernseher läuft, und sage zum zweiten Mal an diesem Morgen, dass es draußen kalt ist. Und windig – eine kleine sprachliche Meisterleistung. Aber ich will ihm nicht lästig werden und ich will auch nicht, dass er mich für überkritisch hält und deshalb füge ich rasch hinzu, dass ich die Kälte mag, was absolut falsch und lächerlich ist. Er erklärt mir, dass er den Winter hasst: verdammt, ich hätte den Mund halten sollen. Deshalb frage ich ihn, wie der Hund heißt. Ein einfacher Satz ohne großes Risiko, denn Sätze wie diesen lernt man in der Schule in der ersten Deutschstunde. »Wie heißt der Hund?« Der Hund heißt Naphta.

Ich gehe in mein Zimmer im Untergeschoss zurück, öffne das Klappfenster, und es wird sofort um etliche Grad kälter. Ich schüttle auf meinen acht Quadratmetern die Bettdecke aus und lege sie anschließend perfekt zusammen, wie eine Art Nest. Ich trage dieselbe Jeans und denselben Pullover wie am Vortag, lege mich aufs Bett, höre eine Kassette von *The Clash* und fange an, einen Brief an meinen Bruder zu schreiben. Gestern Abend am Telefon hat meine Mutter nichts gesagt, ich wollte ihr keine Fragen stellen und auch nicht lange die Leitung blockieren. Ich habe gehört, dass die Bergens sogar das Kauen eingestellt haben, um mich Französisch reden zu hören. Das war noch bevor ich meine Leber aufgegessen hatte. Ich habe mich um einen fröhlichen Tonfall bemüht, damit alle beruhigt waren. Ich weiß, dass der Brief an Simon lang werden wird, ich werde ihm kein Detail vorenthalten. Ich verspüre das Bedürfnis, in einer Sprache zu denken, die meine ist, jedes meiner Worte mit Sorgfalt auszuwählen, um ganz präzise auszudrücken, was ich empfinde. Denn auf Deutsch habe ich den Eindruck, dass sich mein Denken verengt, ich meine Klarheit verliere und mich zu einer Vereinfachung der Welt verleiten lasse, die mich erschreckt. Ich habe Angst, mich zu verlieren, die Bedeutung der Worte zu verlieren, ich habe Angst zu verschwinden.

Als Frau Bergen endlich herunterkommt, fängt Naphta an zu bellen. Ich warte einige Minuten, bevor ich laut die Stufen ins Erdgeschoss hinaufgehe, um sie nicht zu erschrecken. Ihr hübsches Gesicht sieht etwas abgespannt aus, lächelt mich aber an. Es ist kurz vor elf, und ich glaube nicht, dass Herr Bergen schon weg ist. Ich habe seinen Wagen nicht wegfahren hören. Frau Bergen ist recht leicht gekleidet für diese Jahreszeit, wie mir scheint. Als sie ihren Kaffee trinkt, schluckt sie ein paar Medikamente, dann fängt der Kreislauf mit den Zigaretten an, und sie zündet eine nach der nächsten an, bis das Haus nur noch eine einzige Rauchwolke ist. Sie fragt mich, ob es mich stört, was ich natürlich verneine, nein, gar nicht, und ich erfahre plötzlich aus meinem eigenen Mund, dass ich den Geruch von Zigaretten liebe, genau wie den Winter oder gebratene Leber. Erstaunlich, was man nicht alles erfindet, wenn man allein ist und sich abhängig fühlt. Frau Bergen geht mit mir nach unten in den Waschkeller, sagt, ich solle die Wäsche abhängen und zeigt auf einen Korb. Bis jetzt kenne ich mich aus, fühle mich auf vertrautem Terrain. Die Socken zusammenlegen, die Unterhosen falten, die T-Shirts und Hemden zum Bügeln beiseitelegen und für jedes Familienmitglied einen eigenen Stapel machen. Die universelle Sprache des Waschraums spreche ich perfekt, und meine Bewegungen sind absolut fließend und effizient. Ich bemühe mich um Distanz, um mich nicht durch die Berührung der Wäsche durcheinanderbringen zu lassen, intime Spuren der Existenz von Menschen, die ich noch nicht kenne. Ninas Strümpfe irritieren mich weniger als die Büstenhalter von Frau

Bergen oder die Slips ihres Mannes. Doch ich überwinde meine Skrupel und höre nicht auf meine innere Stimme, die mir sagt, dass es doch nicht ganz normal sein kann, eine fremde Person seine Unterwäsche sehen zu lassen. Ich ärgere mich über meine kleinbürgerlichen französischen Vorurteile, schiebe meine Verlegenheit auf die unterschiedliche Kultur und zwinge mich, an etwas anderes zu denken. Danach weiß ich nicht, ob ich den Korb nach oben bringen soll oder ob im Keller gebügelt wird. Schließlich findet diese Zeremonie dann aber im Wohnzimmer statt, auf einem Bügelbrett mit allen Schikanen, vor dem großen Fenster, hinter dem sich nichts rührt. Das Bügeln macht mir nichts aus, auch nicht der unangenehmsten Kleidungsstücke, aber es wäre mir nur lieber, wenn Frau Bergen nicht Zeugin meiner Lehrzeit wäre; ich wünschte, sie würde den Raum verlassen, damit sie nicht merkt, dass ich in meinem ganzen Leben noch kein Hemd gebügelt habe.

An der Haltestelle des Schulbusses warte ich auf Nina und habe seit dem frühen Morgen nichts mehr gegessen. Es ist noch immer sehr windig, aber wenigstens ist es hell geworden. Es wäre unfair, wenn ich nicht zugeben würde, dass die Landschaft, die mich umgibt, sehr schön ist. Der Himmel ist von einem unverhofften Blau, darunter ein Weiß, das einen blendet. Ich ertappe mich bei dem Gedanken, dass ich dieses Gefühl gern mit jemandem teilen würde, den ich mag, meinem großen Bruder zum Beispiel, wem sonst? Es wäre schön, Simon an meiner Seite zu haben, um dieses Wintermärchen mit ihm zusammen zu betrachten. Wir könnten einfach nur ein Zeichen austauschen, uns anschauen, mit geblendeten Augen, und einen Satzanfang sagen, einige Silben, die beweisen würden, dass wir gemeinsam etwas Außergewöhnliches erleben. Und die Gegenwart des anderen würde Worte überflüssig machen, seine Wärme würde ausreichen, um diesen Moment jenseits aller Zeit einmalig und außergewöhnlich zu machen, ihm eine ganz besondere Intensität verleihen. Nina lächelt zuerst, ehe sie gleichgültig tut, und scheint nicht überrascht, mich dastehen zu sehen. Sie will nicht, dass ich ihre Schultasche trage, und wir gehen schweigend miteinander nach Hause; sie geht vor mir her, ich gehe in ihren Fußspuren, und wir nehmen die Abkürzung, die an den Schienen entlangführt. Ich habe den Verdacht, dass sie besonders schnell geht, damit ich Mühe habe, ihr zu folgen. Aber ich verliere sie nicht aus den Augen und rutsche manchmal auf dem Schnee aus, den der Wind über den Weg geweht hat. Als wir ankommen, steht Herrn Bergens Wagen nicht mehr da. Auf dem Küchentisch liegen einige Scheiben Brot und Wurst. Naphta liegt vor dem Fernseher und kläfft. Frau Bergen ist vermutlich im oberen Stockwerk, im Badezimmer, wie ich annehme. Doch dann kommt sie vom Keller herauf, und ich frage mich, ob ich nicht gerade gehört habe, dass die Tür meines Zimmers geschlossen wurde. Ich kann die unterschiedlichen Geräusche dieses Hauses noch nicht zuordnen. Ich muss erst noch lernen, die einzelnen Geräusche zu deuten, ich muss mich mit dem Knarren der Treppenstufen vertraut machen, dem leichten Zuschlagen der Türen, und ich muss darauf achten, ob die Autos vor der Zufahrt zur Garage stehen und ob Thomas' Mofa da ist. Ich habe Hunger und mache es wie Nina, die zwischen dem Tisch und dem Kühlschrank steht und isst. Auch Frau Bergen knabbert ein paar Käsescheiben, zwischen Küche und Wohnzimmer, und raucht nebenher. Ich denke an die Wäsche, die noch gebügelt werden muss und die sicher schon nach Rauch stinkt, ich würde gern fertig bügeln, um dann die nächste Aufgabe in Angriff zu nehmen, doch dazu lässt man mir nicht die Zeit.

Wir fahren ins Büro von Herrn Bergen, im Stadtzentrum, und ich komme zu dem Schluss, dass das Ehepaar Bergen zusammenarbeitet. Es sind noch andere Leute da, über ihre Arbeitstische gebeugt. Ein Büro für Stadtplanung, ein Architektur- oder Konstruktionsbüro? Das werde ich nie erfahren. Frau Bergen zeigt auf einen Stuhl, auf dem ich warten soll, während sie etwas erledigt. Ich schaue aus dem großen Fenster auf die Stadtbewohner, die über die Bürgersteige gehen, in Winterstiefeln und dicken Mänteln, und merke, dass es bald wieder dunkel sein wird. Seit meiner Ankunft tue ich nichts anderes als warten, ich habe noch keine Ahnung, wie mein Leben hier verlaufen wird, im Moment jedenfalls besteht es nur aus kleinen Scheibchen, kümmerlichen Zeitfetzen, die meine innere Unruhe nur verstärken. Ich trete von einem Bein auf das andere, komme nicht voran, tue nichts, bin ohne eigentliches Ziel, lasse mich treiben, herumschubsen, bin nur ein kleines Paket, ein Gegenstand ohne klare Konturen. Allein, aber stets in Begleitung. Ich bin anderen ausgeliefert, sie verfügen über mich, und ich mag dieses Gefühl der Leere nicht, das immer mehr von mir Besitz ergreift, diesen Eindruck, zu schwimmen, mich im Leben anderer aufzulösen in der seltsamen Realität ihrer Existenz. Ich setze mich auf den Stuhl, vor den Kalender, der an einem Nagel an der Wand hängt, und lasse mir die Monatsnamen auf Deutsch durch den Kopf gehen: Januar, Februar, März, die Monate mit Schnee, Dunkelheit und Kälte, und ich weiß nicht, wie ich die Jahreszeiten überbrücke, bis mein Aufenthalt zu Ende ist, und wie ich sein werde, wenn der Sommer endlich da ist. Ich betrachte die Fotos auf dem Kalender, und alles kommt mir sonderbar vor, die Bäume, Dörfer, Häuser und sogar die Art und Weise, wie der Rauch aus den Schornsteinen aufsteigt.

Ich muss eine Zeitung und Haargel kaufen. Mehr habe ich mir nicht vorgenommen. Mein Vorsatz, mein Plan. Wenn ich mir jeden Tag etwas vornehme, egal wie banal, schaffe ich es vielleicht, mich nicht aufzulösen. Das spüre ich. Ich muss mich an die materielle Welt klammern. Mir konkrete Ziele setzen. Tag für Tag werde ich mein französisches Leben auf diese Weise mehr abstreifen und in mein deutsches Leben eintauchen; ich werde diese Umwandlung schaffen und Simon sagen können, dass es möglich ist. Ich bin als Kundschafterin aufgebrochen, dabei habe ich gar nichts von einer Forscherin an mir. Ich werde ihm sagen, dass es nichts bringt, in einer zerrissenen Familie zu bleiben. Dass er sich ebenfalls in Bewegung setzen muss. Aber Simon hat Angst um Mama. Er denkt, dass er bei ihr bleiben muss, bis sich die Lage geändert hat. Ah, ich muss auch Tintenpatronen für meinen Füllfederhalter kaufen. Wir steigen wieder ins Auto, und Frau Bergen hält auf dem Parkplatz des Supermarkts an, demselben wie am Vortag. Ich bin enttäuscht, ich wäre lieber durch die Straßen im Zentrum geschlendert, ich hätte gern andere Leute getroffen, wäre in die Läden gegangen, um zu sehen, wie der Alltag hier ist. Und als wir danach nach Hause fahren, frage ich mich, warum Frau Bergen mich überhaupt mitnehmen wollte. Ich bin zu nichts nütze, ich fühle mich sogar lästig, aber ich bilde mir ein, dass sich alles bald regeln wird. Ich muss mich in Geduld üben. Aber ich möchte, dass mir jemand eine Rolle zuweist. Ich brauche einen festen Rhythmus, ein Drehbuch, ich muss wissen, wohin ich gehe.

Ich bügle weiter, da ich nichts anderes zu tun habe. Ich werde bis zum Essen durchhalten, ich weiß nicht, ob ich vorschlagen soll zu kochen. Thomas geht nach oben in sein Zimmer, Nina ebenfalls, doch sie kommt wenig später wieder herunter und weiß offenbar nicht, was sie mit sich anfangen soll. Sie sucht in den Schränken nach etwas Essbarem, aber Frau Bergen schickt sie mit einem kurzen, trägen Satz ohne wirkliche Intonation wieder aus der Küche. Deshalb legt sich Nina schließlich im Wohnzimmer auf das Sofa und wartet darauf, dass der Tag vergeht. Irgendetwas stimmt nicht mit dieser Familie. Ich hoffe, dass ich bald begreifen werde, was es ist, es sei denn, es ist nichts und *ich* bin es, mit der etwas nicht stimmt, weil ich den Blick für die Normalität verloren habe. Aber ich lebe nicht im selben Rhythmus, das Fehlen des Zeitmaßes, das diese vier steuert, ist mir fremd. Ich werde meinen Platz in diesem Haus finden müssen, wo der Platz eines jeden schwebend, haltlos und flüchtig zu sein scheint. Ich würde Nina zum Beispiel gern bei den Hausaufgaben helfen, auf diese Weise hätte ich die Zeit irgendwie eingeteilt und würde von mir aus etwas tun. Ich kenne aber nur das Wort »Arbeit« für Hausaufgaben, ein Wort, das meine Eltern Tag für Tag wie ein unheilvolles Leitmotiv aussprachen, wenn sie meinen Bruder und mich fragten, ob wir unsere Arbeit gemacht hätten; auf diese Weise blieb es ihnen erspart, über andere Dinge zu sprechen, und wir ertrugen dieses Wort nicht mehr, da sich in ihm die ganze Angst unserer Eltern fokussierte. Denn wenn wir unsere Arbeit gut gemacht hatten, waren sie erleichtert, wenn wir gute Noten nach Hause brachten, waren sie beruhigt, Arbeit war ihr einziges Gesprächsthema, ihr Richtmaß. Und als ich dieses Wort aussprechen und Nina vorschlagen will, ihr bei ihren Schulaufgaben zu helfen, kommt mir der Satz »Arbeit macht frei« in den Sinn, den ich einige Monate zuvor in einer Geschichtsstunde gehört hatte, und ich wage plötzlich nicht mehr, mich auf dieses vermutlich riskante Terrain zu begeben. Denn bevor ich die Worte herausbringe, stoßen sie in meinem Gehirn aneinander, und ich sage mir, dass das Wort »Arbeit« für die Deutschen bestimmt einen ganz anderen Beigeschmack hat als für uns Franzosen, und das bremst mich in meinem Elan, und ich bringe nur einen hinkenden, nicht korrekten und faden Satz zustande: »Etwas zu tun für die Schule?« Das beantwortet Frau Bergen mit einem höflichen »Nein, nichts.« Also sortiere ich die Wäsche in vier ordentliche Stapel und bin zufrieden mit dem Ergebnis, da ich so etwas zum ersten Mal getan habe. Ich bringe die Stapel von Nina und Thomas nach oben und lege sie auf ihre Betten. Ich zögere, weil ich nicht weiß, ob ich das Schlafzimmer der Eltern betreten soll, und beschließe dann, ihre Wäsche auf den Couchtisch im Wohnzimmer zu legen.

Ich weiß nicht, was ich mit meiner scheußlichen Frisur anfangen soll, die mich total verunstaltet. Vor dem Spiegel in meinem Zimmer versuche ich, mir ein Kopftuch umzubinden, doch das Ergebnis ist lächerlich. Ich muss mir ein dünneres Kopftuch in hübschen Farben kaufen. Im Supermarkt habe ich kein Haargel gefunden, nur eine Art intensiv riechendes Haarspray, das ich mir in die Haare sprühe, um dann festzustellen, dass es die Haare verklebt. Aber immerhin gelingt es mir, die widerspenstigen Haarstoppel flach zu drücken, und das gibt mir Hoffnung. Ich drücke sie mehrmals runter, und wäre da nicht der seltsame Geruch – der zusammen mit dem Benzingestank vor meinem Fenster eine seltsam abstoßende Mischung ergibt –, wäre ich mit dem Ergebnis durchaus zufrieden. Die neue Frisur bringt etwas Glanz in meine Augen. Ich betone meinen neuen Look dadurch, dass ich mir einen schwarzen Strich unter die Augen male, und das Mädchen, das mich dann aus dem Spiegel anblickt, ist nicht mehr ganz wie früher. Es ist eine Heranwachsende, die mit der Adoleszenz abgeschlossen hat, aber noch nicht weiß, was sie nun erwartet. Ein Mädchen, das an Stürme und Ungesagtes gewöhnt ist, an Abschiede und an Luftlöcher. Ich muss unbedingt ein

Foto machen und es Simon schicken. Ich nehme mir für den nächsten Tag zwei Dinge vor: ein Kopftuch zu kaufen und einen Passbildautomaten zu finden.

Ich gehe zu Thomas in sein Zimmer und versuche, ihm eine neue Aufgabe zu erklären: mit mir zusammen den Tisch zu decken. Er fürchtet, ich könnte ihm eine Falle stellen, wagt aber nicht, mir einen Korb zu geben, und wir wechseln fragende Blicke, als wir die Messer, Gabeln und Gläser an die richtigen Stellen legen beziehungsweise stellen. Er schaut mich seit meiner Ankunft an, als halte er mich für etwas Exotisches, dünn und braungebrannt, wie ich bin, und mit meinem fast kahlrasierten Schädel. Er weiß nicht, was er denken soll und deshalb denkt er offenbar gar nichts, macht nur meine Bewegungen nach, vorausgesetzt, sie sind nicht allzu anstrengend. Solange es nur darum geht, den Tisch zu decken, hat er nichts dagegen, es macht ihm sogar einen gewissen Spaß, weil er in einem bescheidenen Rahmen aktiv sein kann; er tut es, weil ein Mädchen, eine Französin, ihn gebeten hat, ihr zu helfen, und weil er alles in allem ein hilfsbereiter Junge ist. Er tut es, weil er noch nicht begriffen hat, wer dieses Mädchen ist, und solange er noch im Zweifel ist und die Wahrheit des einen nicht anfängt, für die des anderen bedrohlich zu werden, nimmt er es nicht so genau. Er ist sogar voll und ganz einverstanden, weil er bei dieser Gelegenheit Herr der

Lage ist. Er ist derjenige, der weiß, er ist derjenige, der zeigt und damit die Führung hat. Er lässt sich die Gelegenheit nicht entgehen, mir vorzuführen, dass er hier zu Hause ist und die alltäglichen Abläufe im Griff hat. Er ist bei sich daheim, die Ausländerin nicht, aber das kommt ihm selbstverständlich nicht in den Sinn. So kommt es, dass sich die Situation in ihr Gegenteil verkehrt. Statt Laura zu helfen, prüft Thomas sie und erteilt ihr Befehle. Das geschieht ganz instinktiv.

Herr Bergen legt zwei Würstchen auf meinen Teller, und ich habe nichts dagegen, denn »ich mag Bratwürste«. Herr Bergen macht mir, nachdem er mich bedient hat, ein Kompliment zu meinen »Haaren«. Das ist ein Wort, das mit großer Vorsicht zu genießen ist, denn es bezeichnet Kopfhaare, aber auch Körper- und Barthaare. Frau Bergen bestätigt, dass es sehr viel besser aussieht, und fügt hinzu, dass ihr meine vorherige Frisur nicht gefiel. Sie schaut dabei betrübt, ja, fast etwas angewidert drein, so, wie wenn man ein krankes Hündchen sieht und nicht weiß, ob man ihm helfen möchte oder nicht. Ich lächle tapfer in die Runde, als Nina sich herüberbeugt und an mir schnüffelt, sich dann die Nase zuhält und erklärt: »Das stinkt« – ein Ausdruck, den ich in der Folge noch öfter hören werde und der auch bedeuten kann: Wie scheußlich! Was an mir stinkt, ist die Vanillenote meines Haarsprays, und es stimmt, dass es zusammen mit den Würsten keine ideale Geruchsmischung ergibt. Aber ich muss so tun, als fände ich Ninas Kommentar lustig, obwohl sie mir immer unsympathischer wird. Ich muss so tun, als sei ich gutmütig, lieb und nett, und deshalb darf ich weder schlagfertig noch ironisch sein und auch nichts Doppeldeutiges sagen, obwohl ich mich damit normalerweise aus den kritischsten Situationen rette. Hier aber muss ich passen und weiterhin mit meiner Maske als naives Dummerchen herumlaufen, die ich von Anfang an trage, aber irgendwann ablegen muss, weil ich sonst zu einem Mädchen werde, das ich nur verabscheuen kann. Ungefragt schnappt sich Nina die letzte Kartoffel von meinem Teller und isst sie auf. Dann lacht sie mich leise aus. Nach außen hin tue ich so, als freue ich mich, dass das Kind einen so guten Appetit hat, aber insgeheim ärgere ich mich über diesen Übergriff. Ich muss mich zusammenreißen; nur weil ich meine Sprache verloren habe, muss ich mich noch lange nicht unterwerfen. Aber es ist noch zu früh, um wieder zusammenzufügen, was in mir auseinandergefallen ist. Ich muss die mir fehlende Sprache kompensieren, neue Handlungsweisen erlernen, um zu existieren, ich will kein kleiner Roboter sein, der auf Kommando isst, schläft oder lächelt.

Ich stehe schon vor Nina auf, damit sie nicht noch einmal triumphierend in mein Zimmer platzen kann. Ich stehe bereits in der Küche, als sie oben an der Treppe auftaucht und ihren Schulranzen die Treppe herunterwirft. Allem Anschein nach ist ihr die Kluft des gegenseitigen Unverständnisses noch nicht breit genug. Sie schlittert etwas zu rasch einen Abhang hinunter, der mir nicht gefällt. Ich muss sie aufhalten. Deshalb frage ich sie mit sanfter Stimme, ob ich ihr Frühstück machen soll, aber sie tut, als hätte sie mich nicht gehört, geht selbst an den Kühlschrank, nimmt ein Glas aus dem Schrank und schneidet sich eine Scheibe Roggenbrot ab, während sie mir den Rücken zudreht. Ich bitte sie, mir auch eine Scheibe abzuschneiden, mit der höflichen, obschon in dieser Situation sicher unangemessenen Floskel »Ich hätte gern«, die in meinen Deutschaufsätzen immer sehr gut ankam. Nina schneidet mir eine Scheibe ab, etwas selbstgefällig, wie mir scheint, und mein Blick bleibt an dem großen Messer hängen. Wie erschreckend, was mir da durch den Kopf schießt! Hoffentlich kommt sie nicht auf komische Ideen, Nina darf keinen gewalttätigen Anfall bekommen wie mein Bruder letzten Sommer, der meine Eltern veranlasste, ihn zu einem Psychologen zu schleppen. Aber ich rege mich unnötig auf, Nina hat keinen Grund, mich zu bedrohen. Ich muss diese absonderlichen Ideen abschütteln, die über dem angebrochenen heutigen Tag schweben. Draußen ist es dunkel und kalt, wie jeden Morgen. Wir verlassen das Haus und gehen durch die Dunkelheit, die nur von wenigen Straßenlaternen erhellt wird. Nina fängt an, zunehmend schneller zu gehen, ich rufe ihr nach, sie solle langsamer gehen, aber sie scheint dieses Spielchen zu genießen und fängt sogar an zu rennen, so dass sie mich hinter sich in der Nacht verschwinden sieht. Ich gehe ebenfalls schneller, hole sie aber erst an der Bushaltestelle ein, und sie scheint sich diebisch darüber zu freuen, mich geärgert zu haben. Ihre Laune hat sich merklich verbessert.

Ich traue mich nicht, es den Eltern zu erzählen, die auch heute spät aufstehen und lange durch das obere Stockwerk geistern, ehe sie endlich ihren Tag in Angriff nehmen. Ich hoffe, dass sie bald wegfahren, damit ich endlich allein bin. Ich finde es anstrengend, wenn sie da sind, denn dann muss ich ständig bei Fuß stehen, umso mehr, da sie mir noch keine konkreten Aufgaben übertragen haben. Ich setze mich in einen der Sessel und warte darauf, dass sie endlich herunterkommen, als plötzlich Thomas dasteht. Groß, kräftig, unbeholfen, wie er ist, scheint er doch meine zunehmende Niedergeschlagenheit zu spüren und sagt einige Worte, die ich als aufmunternd deute. Ich merke, dass er mir nicht aus dem Weg geht und mich nicht ignoriert. Ganz im Gegenteil: Er spricht mich trotz seiner Schüchternheit an, macht sich die Mühe, vorsichtig zu lächeln und errötet sogar leicht, ehe er den Kopf wieder abwendet. Er weiß etwas, das ich nicht weiß – warum seine Eltern ein Au-pair-Mädchen eingestellt haben, obwohl dem Anschein nach jeder von ihnen bestens allein zurechtkommt. Ich habe diese weite Strecke durch Europa doch nicht zurückgelegt, um Nina jeden Morgen zur Haltestelle ihres Schulbusses zu bringen, oder? Ich beginne zu ahnen, dass Thomas, dieser geheimnisvolle und sensible Teenager, mir ein wertvoller Verbündeter werden wird. Vielleicht weil er ein Junge ist und ich ein Mädchen, vielleicht, weil er meine Unsicherheit spürt, die ich seit meiner Ankunft zu verbergen suche. Thomas ist spät dran, er startet sein Mofa und verschwindet in der noch dichten Nacht. Er lässt mich mit einem seltsamen Gefühl zurück. Die Augenblicke, die ich in kleinen Ausschnitten erlebe, irritieren und frustrieren mich, bringen mich in Gefahr. Irgendwie kommt nichts in Gang, nichts hält mich, nichts deutet darauf hin, dass bald etwas Gestalt annehmen wird. Alles erscheint reglos und schwerfällig, ohne Strukturen und bleiern, unklar und dem Zufall unterworfen.

Hier erlebe ich das Gegenteil von einem Haus, in dem alles straff organisiert war; die Termine, Gewohnheiten, Mahlzeiten – alles war perfekt aufeinander abgestimmt, minutiös vorbereitet und unter Kontrolle. Die Eltern in ihrer Rolle als Eltern erfüllen ihre Pflichten als Eltern, stehen jeden Morgen bei Tagesanbruch auf, verbergen es, wenn sie schlechte Laune oder sich das Kreuz verrenkt haben, bagatellisieren ihre Enttäuschungen und Sorgen, vertuschen ihre Marotten, reden, wie sie glauben, dass Eltern reden müssen, mit vorgefertigten Floskeln. Ein Haus, in dem alles unveränderlich schien, jede Mahlzeit unweigerlich vierzig Minuten gedauert hat, in dem meine Mutter das Geschirr gespült hat, während eines von uns Kindern den Tisch abwischte und mein Vater im Wohnzimmer verschwand, nachdem er die Weinflasche wieder zugekorkt hatte. Dann gab es noch die sonntäglichen Fahrradausflüge, die Rückfahrt mit Gegenwind und manchmal im Regen, den Rat meiner Mutter, unsere Regenjacken mitzunehmen; die Wasserflasche, die sie winters wie sommers in den kleinen Rucksack steckte, in dem unweigerlich auch Dörrobst für eventuelle Durchhänger war, die Vorsichtsmaßnahmen, Warnungen, Ratschläge aus dem Munde meiner Mutter, die uns vor allem Schlimmen bewahren sollten, Flickzeug für eventuelle Reifenpannen, Aspirin für eventuelle Kopfschmerzen, Arnika für eventuelle Prellungen; Anweisungen, wie wir gesund bleiben würden, wir alle und vor allem mein Vater; die Angst, dass er zu dick wird, seine Arterien verstopfen, seine Nerven nicht mehr mitmachen; die Art, wie sie jede der am heimischen Herd getroffenen Entscheidungen kontrollierte, nichts dem Zufall überließ, nicht einmal die Zeiteinteilung an den Wochenenden, die so gestaltet war, dass innerhalb der beiden Tage die komplette Wohnung geputzt wurde und auch ein Besuch bei den Großeltern möglich war, jeweils gerecht aufgeteilt zwischen denen mütterlicher- und väterlicherseits, jeweils gleich viele Stunden; die Einkäufe, für die sie immer eine detaillierte Liste erstellt hatte; das Leben nach Art meiner Mutter: ein Meisterwerk an Ausgewogenheit zwischen Familie, Sauberkeit, Erziehung und Vergnügen – na ja, Vergnügen im weitesten Sinne. Das wahre Vergnügen meiner Mutter bestand darin, ihre Kinder zu ordentlichen Menschen zu erziehen und für Harmonie und Zusammenhalt in der Familie zu sorgen; ihre größte Angst war, dass wir nichts zu tun haben könnten, keine Pläne, keine zeitliche Abfolge, sondern nur die Zeit totgeschlagen hätten – was, wie jedermann weiß, der Ursprung aller Laster ist, worin sie sich allerdings getäuscht hatte, doch als sie ihren Irrtum einsah, war es schon zu spät. Das war erst, als unsere Familie von fünf Personen auf vier geschrumpft war.

Mein Leben in Frankreich war das genaue Gegenteil von dem, was mich hier erwartet, wo alles spontan zu sein scheint und ad hoc entschieden wird. Man steht zu den unmöglichsten Uhrzeiten auf, ständig läuft der Fernseher, wer gerade Lust hat, geht mit dem Hund Gassi, das Mittagessen nimmt man in der Küche im Stehen zu sich oder geht damit auf sein Zimmer, die Betten der Kinder werden nie gemacht, im Badezimmer herrscht ein irritierendes Chaos, jeder kommt und geht, wie es ihm passt oder nach einer Regel, die ich noch nicht durchschaut habe. Die einzigen Fixpunkte sind der Schulbus, der zu einer ganz bestimmten Uhrzeit abfährt, und Ninas Rückkehr kurz nach dreizehn Uhr. Ich habe das Gefühl, ziellos durch eine Welt zu irren, die ich nicht verstehe, zu der man mir noch keinen Schlüssel gegeben hat, von der ich aber spüre, dass sie mich bald verschlingen wird. Allerdings verspüre ich keine Angst, sondern nur eine leichte Besorgnis, verstärkt durch den Eindruck dieser geheimnisvollen Atmosphäre. Ich frage mich, wer diese Menschen sind, die in Zeitlupe zu leben scheinen, ohne erkennbare Ansprüche oder Regeln, und die mich zwingen, vieles in mir zu verändern: meinen Rhythmus, meine Energie, meine Ansichten. Indem ich das Gegenteil des Lebens führe, das ich erlernt habe, erfahre ich eine andere Lebensform, die dem Anschein nach träge, entzerrt und frei ist. Ich entdecke eine neue Welt der Beziehung zwischen den Menschen, ohne Ängste, Leistungsdruck oder den Wunsch zu kontrollieren, was die anderen machen. Hier wird nicht geplant, niemand kümmert sich darum, dass die Zeit vergeht, niemand organisiert etwas, wenn das Wochenende naht. Niemand hat Angst vor dem Morgen. Zumindest habe ich diesen Eindruck.

Als ich am Samstagmorgen aufstehe, gibt es nichts Neues. Ich würde meine zwei freien Tage gern dadurch nutzen, indem ich mich der Familie entziehe, um dem Einfluss der Eltern und ihrer Kinder zu entkommen. Doch Frau Bergen scheint sich unbedingt um mich kümmern zu wollen. Nachdem alle gefrühstückt haben, hält sie mich noch im Wohnzimmer fest. Sie bietet mir nach dem Kaffee noch Tee an, dann noch einen Tee, während sie eine Zigarette nach der anderen raucht und mir einige Episoden erzählt, die sie während der Woche erlebt hat, aber natürlich bekomme ich wieder nicht alle Einzelheiten mit. Sie sagt auch, dass sie mir unbedingt den Weg zeigen möchte, der ins Dorf auf der anderen Seite des Wäldchens führt, wo wir die nötigsten Lebensmittel einkaufen werden. Wir können zu Fuß gehen oder den Wagen nehmen, ganz wie ich möchte. Ich traue mich nicht, ihr zu sagen, dass ich eigentlich mit dem Bus in die Stadt fahren wollte und lieber allein wäre. Ich höre mich liebenswürdig sagen, dass ich gern zu Fuß gehen würde, weil ich auch in Frankreich viel zu Fuß gehe, was eine glatte Lüge ist. Gut, ich bin zu Fuß zum Gymnasium gegangen, bevor ich mitten im Schuljahr aufgehört habe, aber das habe ich nicht freiwillig getan, sondern nur, weil es keine andere Möglichkeit gab. Ich muss auf Frau Bergen warten, die zuerst noch ins Bad gehen und sich anziehen muss. Ich weiß nicht, was ich in der Zwischenzeit tun soll, ich schalte den Geschirrspüler an und fange an, das Wohnzimmer aufzuräumen. Ich lege die Zeitungen und Illustrierten auf einen Haufen, leere die Aschenbecher, streiche die Decke auf dem Sofa glatt, rücke die Kissen zurecht, sammle die herumliegenden Kleidungsstücke und Schuhe ein, räume die Reste des Abendessens vom Vortag vom Beistelltisch. Ich würde gern staubsaugen, halte mich aber zurück, aus Angst, Frau Bergen könnte es in den falschen Hals bekommen; ich möchte nicht, dass sie glaubt, ich würde mich an ihren Platz drängen wollen, ich will mich nicht aufspielen, allzu eifrig erscheinen. Also beschränke ich mich auf das Nötigste, da ich nicht weiß, wo mein Aufgabenbereich anfängt oder endet. Die Kinder sind noch im Schlafanzug, Nina tobt oben mit dem Hund herum, Thomas schaut in seinem Zimmer fern. Wenn man den Fernseher im Elternschlafzimmer dazuzählt, gibt es in diesem Haus drei Fernsehgeräte für vier Personen. Simon wird staunen, wenn ich ihm das schreibe. Er wird sich bestimmt auch daran erinnern, was für einen Aufstand es bei uns gab, als Papa den Vorschlag machte, den alten Fernseher in Simons Zimmer zu stellen, sobald wir uns einen neuen gekauft hätten. Simon sei der Älteste, hat er gesagt, und dann könne er »in seinem Zimmer« in Ruhe fernsehen. In Wirklichkeit wollte mein Vater auf diese Weise nur im Wohnzimmer wieder allein das Sagen haben, denn mein Bruder hatte in letzter Zeit ständig über seine Programmwahl gemeckert. Mein Vater hatte geglaubt, auf diese Art ein Problem zu lösen, hat aber nur ein anderes ausgelöst, denn meine

Mutter fiel natürlich nicht auf diese Heuchelei herein und nutzte die Gelegenheit, um ihm seine Widersprüche unter die Nase zu reiben. Was mich an Mama stört, ist ihre Sturheit, ihr glasklarer Scharfblick und das niederträchtige Spiel, das sie mit Papa treibt, indem sie ihn zu Fehlern verleitet, die sie ihm hinterher unter die Nase reibt. Papa kann tun, was er will, es ist in ihren Augen immer falsch. Was immer er denkt, er täuscht sich. Er nennt meine Mutter dann »Madame Perfekt«, ehe er auf dem Absatz kehrtmacht und verschwindet, wenn ihm die Argumente ausgehen. Wenn ich Simon schreibe, dass Thomas in seinem Alter schon einen eigenen Fernseher im Zimmer hat und schauen kann, was er will, auch wenn er sich seit dem Vorabend nicht mehr blicken ließ, wird er sofort verstehen, wovon ich rede. Dann hat er den Beweis, dass das, was Mama Papa vorwarf, gar nicht so schlimm war. Er wird begreifen, dass es kein ausreichender Grund war, zusätzlich zum Kummer auch noch Verbitterung auszulösen, was nur dazu geführt hat, dass sich jeder in seine Ecke zurückgezogen hat, um Trübsal zu blasen, wegen dem, was passiert war und immer noch passierte.

Der Spaziergang ins Dorf war eine Schnapsidee von mir, und es dauert nicht lange, bis ich bereue, dass ich mich nicht fürs Auto entschieden habe. Wir haben Naphta mitgenommen, der sich im Schnee wälzt und offenbar unsagbar dankbar ist. Niemand sonst wollte mitkommen, weder die Kinder noch Herr Bergen, der genau in dem Moment die Treppe herunterkam, als wir das Haus verließen. Der Schnee glitzerte und schimmert so hell, dass ich ständig die Augen zusammenkneifen muss. Mein nächster Einkauf wird eine Sonnenbrille sein, sobald ich mal wieder in die Stadt komme. Vielleicht schon heute Nachmittag, falls wir uns etwas beeilen, aber Frau Bergen geht sehr langsam, schnauft bei jedem Schritt und bleibt immer wieder stehen, um den Hund zu rufen oder sich eine neue Zigarette anzuzünden. Ich wünschte, dieser schwachsinnige Spaziergang wäre endlich vorbei, und ich mache mir Sorgen, ob die Geschäfte noch offen sind, wenn wir ankommen. Was ist, wenn wir erst sehr spät essen? Das würde mir den Tag endgültig ruinieren. Doch ich schaffe es, meine innere Unruhe in den Griff zu bekommen, die nur das Symptom eines Leidens ist, das mir seit mehreren Monaten zusetzt und das ich »Angst vor der Leere« nenne. Ich habe bisher noch mit niemandem darüber gesprochen, obwohl es Simon schon aufgefallen ist, dass ich ab und zu »neurotisch« bin, wie er sagt. Wenn die Angst zu groß wird, werfe ich ein paar homöopathische Globuli ein und überlege mir, was ich tun könnte, um mich abzulenken. Ich wäre gern sehr schnell gelaufen, um tüchtig durchzuatmen, aber ich kann nur kleine Schritte machen, so klein, dass ich allmählich bezweifle, ob wir jemals in diesem Dorf ankommen. Im Übrigen sehe ich weit und breit kein Haus und kein Dorf, und ich vermute plötzlich, dass ich vielleicht gar nicht kapiert habe, was Frau Bergen gesagt hat. Ich habe wie üblich ein paar Worte herausgeklaubt, vermutlich aber das Wesentliche verpasst und eine parallele Realität konstruiert, eine aus Einzelstücken zusammengesetzte Welt, wie ich es mir seit meiner Ankunft hier zur Gewohnheit gemacht habe. Ich merke, dass wir keine Tasche dabei haben, um unsere Lebensmittel nach Hause zu tragen, und werde wütend auf mich, weil ich diese Sprache nicht besser beherrsche, die mich Tag für Tag zum Narren hält, mich foppt und vor den Kopf stößt. Aber ist es wirklich die Sprache, die mich hereinlegt? Und selbst wenn ich etwas missverstanden habe, was machen wir hier draußen in der Kälte am Waldrand, Frau Bergen und ich, wenn wir eigentlich am Küchentisch sitzen und Kartoffeln schälen müssten? Was haben wir hier auf dem Weg zu suchen, wenn doch kein Mensch in der Umgebung wohnt und der Wind wieder durch die Tannen bläst und Schneegestöber aufwirbelt? Nichts von dem, was ich hier erlebe, erscheint mir logisch, und unter der scheinbaren Ruhe, die hier auf dem Lande und im Leben dieser Familie herrscht, spüre ich etwas Bedrohliches lauern. Frau Bergen lächelt mich an und wirft einen Tannenzapfen, den Naphta im Flug auffängt. Frau Bergen, in ihrem dicken Pelzmantel, wie verloren in der unendlichen Weite der Natur, die sie verschlingt, macht mir plötzlich Angst.

Ich verspreche, dass ich am Abend ein Kartoffelgratin machen werde, im Backofen und mit viel Crème fraîche. Und ich sage auch, wie lange es dauert: eine Stunde dreißig Minuten, und alle schauen drein, als würden sie denken, dass ich übertreibe. Nina will sich beim Essen unbedingt neben mich setzen und ist plötzlich sehr nett zu mir. Sie redet viel und aufgeregt und wird mehrmals von Thomas ermahnt, der mir gegenübersitzt und sagt, sie solle den Mund halten. Die Stimmen von Bruder und Schwester werden lauter, doch ich glaube, dass es sich bei den Wörtern, die über den heißen Töpfen hin und her fliegen, um harmlose Streitereien zwischen Bruder und Schwester handelt. Dann, nachdem Herr Bergen sie zurechtgewiesen hat, werfen sich die beiden Kinder noch ein paar böse Blicke zu, und es wird ruhig. Sobald keiner mehr spricht, lege ich mir meine Worte zurecht und sage, dass ich in die Stadtbücherei gehen muss, für meine Recherchen über Thomas Mann. Ich erfinde, während ich rede, fasse mir ein Herz und erkläre, dass ich am *Zauberberg* arbeite, obwohl mir der deutsche Titel zuerst nicht spontan einfällt, ein Buch, das ich zu Beginn des Jahres im Gymnasium gelesen habe und das mich tief beeindruckt hat. Ich staune selbst darüber, wie ungezwungen mir mein Alibi über die

Lippen kommt, und alle scheinen überrascht, dass ich mich für einen deutschen Schriftsteller interessiere – am meisten ich selbst. In den Prospekten, die mir vorab geschickt wurden, habe ich entdeckt, dass die Stadt, in deren Nähe ich leben würde, die Stadt von Thomas Mann ist, und das fand ich irgendwie beruhigend, keine Ahnung, warum, wahrscheinlich weil der Roman des Nobelpreisträgers für Literatur, den unser Philosophielehrer uns empfohlen hat, eines der wenigen Dinge ist, die mich in den letzten Monaten berührt haben; weniger das Buch selbst – das ich erst zur Hälfte gelesen habe und dessen Atmosphäre mich mehr beeindruckt hat als der Inhalt – als die Art, wie mein Lehrer davon gesprochen hat, als er vorne an seinem Pult stand, die Arme manchmal ausbreitete und die Brust herausdrückte, leidenschaftlich und mit leuchtenden Augen – ja, das war das Einzige, was mich von dem ablenkte, was bei uns zu Hause passierte, und während Papa und Mama sich den lieben, langen Abend lang Vorhaltungen machten, habe ich versucht, mich auf die Lektüre des *Zauberberg* zu konzentrieren. Ich lag auf meinem Bett, blätterte die Seiten um und spitzte oft die Ohren, um zu hören, was sie sich auf der anderen Seite der Zwischenwand an den Kopf warfen. *Der Zauberberg* war mein Refugium, aber ich ahnte natürlich nicht, dass ich noch einmal über dieses Buch stolpern und es mich ein weiteres Mal retten würde.

Unerwarteterweise ist Frau Bergen von meiner Idee, in die Stadtbücherei zu gehen, begeistert und schlägt vor, mich hinzufahren und mir bei den Anmeldeformalitäten zu helfen. Ich spüre, wie sich meine Kehle zuschnürt, meine Lungen sich verengen; ich merke, dass ich dringend Luft brauche und verspüre plötzlich den Wunsch, Simon anzurufen. Als ich ihm erzählt habe, dass ich ins Ausland gehen wollte, um für eine Zeitlang den Streitigkeiten unserer Eltern zu entkommen, die mit ihren Trennungsversuchen nicht vorankamen, sagte Simon, es sei eine gute Idee, fortzugehen und anderswo Atem zu holen. Er sagte »Atem holen«, und dabei ersticke ich hier. Ich ersticke, weil ich nie allein bin, und trotzdem habe ich mich noch nie so schrecklich einsam gefühlt.

Es ist Frau Bergen, die die Sonnenbrillen auswählt, die ich anprobieren soll. Ich habe Angst, dass sie zu teuer sein könnten, und schiele auf den Etiketten nach dem Preis, den ich im Kopf in Francs umrechne. Es ist kein guter Wechselkurs, genau wie ich befürchtet habe. Als ich eine Brille finde, die mir gefällt, besteht Frau Bergen darauf, sie mir zu schenken. Sie ist so hartnäckig, dass ich nicht wage, ihr Angebot abzulehnen, um sie nicht vor den Kopf zu stoßen. Mir fehlen die nötigen Adverbien, um eine höfliche Ablehnung zu formulieren, all diese kurzen Wörter, in die eine Sprache verpackt ist, die wie Stützbalken sind und hier abdichten, dort dämpfen. Daran merkt man, dass man eine Fremdsprache beherrscht: wenn man mit diesen Abstufungen umgehen kann, Fingerspitzengefühl für diese Feinheiten hat. Doch davon bin ich noch weit entfernt, wie mir jeden Tag schmerzlich bewusst wird. Ich weiß nicht mehr, wie man »cela me gêne« – »das stört mich, ist mir peinlich« sagt, nicht im eigentlichen, sondern im übertragenen Sinne; ich möchte nicht, dass sie dann denkt, sie würde mich stören; nein, ich möchte genau das Gegenteil sagen, obwohl sie mich in Wirklichkeit tatsächlich stört, aber es gibt Wahrheiten, die man nicht aussprechen kann. Also nehme ich die Brille an, bedanke mich sicher etwas zu überschwänglich, und plötzlich beschleicht mich ein Verdacht. Hat Frau Bergen etwa vor, das Taschengeld, das mir zusteht, in Geschenke umzuwandeln? Wird sie mir gleich noch andere Dinge außer einer Sonnenbrille schenken? Will sie mich etwa auf diese raffinierte Weise von sich abhängig machen? Als wir das Geschäft wieder verlassen, ist es schon dunkel und ich kann meine Sonnenbrille nicht aufsetzen, was sehr enttäuschend ist. Wir gehen die Fußgängerzone hinauf, wo die Straße sehr rutschig ist, und stehen plötzlich vor dem Büro, in dem Herr und Frau Bergen arbeiten. Wie neulich schon setze ich mich auf einen Stuhl, betrachte erneut den Kalender und freue mich, dass meine erste Woche vorbei ist. Ich weiß nicht, was Frau Bergen macht, ich höre sie im Büro nebenan Schubladen aufziehen und Schranktüren öffnen. Ich denke, dass sie ein Dossier mit nach Hause nehmen will. Als wir vor der Gittertür der Bücherei stehen, haben sie gerade zugemacht. Frau Bergen wirkt zuerst überrascht, dann sagt sie, es tue ihr leid. Ich höre mich antworten: »Das ist nicht schlimm« – ein Satz, den ich während meines Aufenthalts Dutzende von Malen sagen werde. Es ist nicht schlimm, nein, nichts ist schlimm, was kann hier, an der Grenze Deutschlands, schon Schlimmes passieren, wo ich doch niemanden kenne, niemand für mich unentbehrlich ist, es keinen Menschen gibt, den ich vermissen würde, wenn er plötzlich nicht mehr da wäre. Wir bleiben einen Moment vor der Gittertür stehen, und ich weiß nicht, wie es weitergehen soll, ich muss Frau Bergen nur folgen, hinter ihr hergehen, als wäre ich ein streunendes Hündchen, ein Mädchen ohne Schicksal. Ich kann nur mit Frau Bergen zu ihrem Auto zurückkehren, weil sie mir zu essen gibt, ein Dach über dem Kopf, ein schmales Bett in einem kleinen Zimmer, in dem es nach Benzin stinkt. Nein, es ist nicht schlimm, von den Benzindämpfen wird mir zwar kotzübel, aber ich kann mich ausstrecken, die Musikkassetten hören, die ich mitgebracht habe, und an Simon schreiben. Ich kann Simon erzählen, was ich von meinem neuen Leben in Deutschland erwarte, ich kann ihm sagen, dass ich die richtige Entscheidung getroffen habe, dass es gut war, dass ich von zu Hause weggegangen bin und von Eltern, die verrückt zu werden drohten – auch wenn ich mich schuldig fühle, weil ich ihn im Stich und mit einer Familie alleingelassen habe, die schwer an ihren Erinnerungen trägt.

Ich schneide die Kartoffeln in dünne Scheiben, die ich in die Auflaufform lege, gieße Crème fraîche und Milch darüber, dann kommt wieder abwechselnd eine Schicht Kartoffelscheiben, wieder Crème fraîche und Milch. Thomas reibt den Käse und bleibt bei mir in der Küche. Er schaltet den Backofen ein, stellt den Thermostat auf sehr heiß ein, aktiviert die Zeitschaltuhr und holt die Auflaufform aus dem Backofen, als alles fertig ist. Er schaut mich mit strahlenden Augen an, als ich sage: »Wir haben schön gearbeitet.« Wir klatschen je eine Hand aneinander, und ich weiß nicht, was dann passiert, für den Bruchteil einer Sekunde, vielleicht weil mir die Hitze des Backofens guttut: jedenfalls ist es wie eine Welle der Zärtlichkeit, wahrscheinlich die erste, die ich seit meiner Ankunft verspüre, ein sehr leichtes, kaum wahrnehmbares Gefühl, das bewirkt, dass ich mich wieder spüre, hier, in einer deutschen Küche stehend, inmitten von Geschirrtüchern, Kartoffelschalen und dem Spülbecken voller Küchenutensilien, einer Küche mit einem Kühlschrank, der größer ist als ich, einem Schiebefenster, das zur Garage führt, einer Reservegasflasche, die vorübergehend in einer Ecke steht. Dort verspüre ich zum ersten Mal seit sehr langer Zeit eine gemeinsame Begeisterung, den Beginn einer Komplizenschaft. Dabei reden wir nur wenig, Thomas und ich. Reden ist nicht sein Ding. Es sind Blicke und kleine Gesten, die er taktvoll einsetzt, seine Art, mir den Kopf zuzudrehen, wenn er sich morgens von mir verabschiedet, sein etwas schiefes Lächeln, wenn er nach Hause kommt und sich den Helm abnimmt. Und seine Art, wie er die langen Haare schüttelt und sich mit einem kurzen Blick vergewissert, ob ich ihn anschaue. Ich lache in der Küche mit Thomas und fasse endlich etwas Vertrauen, statt weiterhin auf der Hut zu sein, aber vermutlich sehne ich mich so sehr danach, wieder ein normales Leben zu führen, dass ich nicht misstrauisch bin. Ich weiß aber noch nicht, wohin das führen wird.

Meine Mutter ist am Telefon ein Ausbund an Zurückhaltung, Anstand und Selbstbeherrschung. Ihre Stimme wühlt mich auf, aber ich will keine Schwäche zeigen, und deshalb bemühe ich mich um einen neuen Tonfall, locker und unbeschwert, der sie davon überzeugen soll, dass es mir gutgeht und ich eine sehr positive Erfahrung mache. Ich sage ihr, was sie hören will: wie schnell ich mich eingelebt habe, wie viel ich zu tun habe und wie herzlich mein Verhältnis zu den Kindern ist. Das ist nun fast gelogen, und wir lügen uns gegenseitig ungefähr zehn Minuten lang an, wobei sie hauptsächlich über praktische Dinge spricht, die den häuslichen Alltag ausmachen: dass neben dem Treppenhaus endlich ein Aufzug eingebaut wird und – das war das wichtigste Ereignis der Woche – einer der beiden Sittiche davongeflogen ist. Für den Rest des Gesprächs versuchen wir das rätselhafte Verschwinden des Sittichs zu lösen, und ich frage mich, wie Simon es schafft, das alles zu ertragen: das belanglose Geplapper meiner Mutter, ihre Art, das Wesentliche zu verschleiern und so zu tun, als mache sie sich nur um den verschwundenen Sittich Sorgen, während das Leben in unserem Haus nur noch aus einer merkwürdigen Gnadenfrist besteht, der Countdown in Richtung eines gähnenden Abgrunds läuft, der ins Nichts führt; ich weiß nicht, wie Simon es schafft, dem erbärmlichen Schauspiel beizuwohnen, in dem mein Vater und meine Mutter sich an denselben Tisch setzen, voller Hass aufeinander, und sich gegenseitig beschuldigen, den anderen für alles verantwortlich machen, für das eigene Scheitern, die unbezahlten Überstunden, die nicht richtig auskurierte Grippe und vor allem für den Tod meines kleinen Bruders. Das geht so seit dem Tag, an dem meine Mutter diesen einen Satz zu viel gesagt hat, den Satz, den wir, Simon und ich, niemals hätten hören dürfen, den Satz, der die Grenze markierte, den Satz, der besagt, dass mein Vater für das Geschehene verantwortlich ist. Ein nicht haltbarer Vorwurf natürlich, über dessen Bedeutung wir tage- und nächtelang nachgrübeln müssen, bis wir seine Boshaftigkeit erkennen; ein Satz, der aus Andeutungen besteht, absolut doppeldeutig ist, dessen wahre Bedeutung jedoch keinem entgehen kann, der Französisch als Muttersprache hat. Meine Mutter hat gesagt, dass sie, wenn sie sich recht erinnere, niemals mit dem Kauf des Mofas einverstanden war. Daraufhin hat mein Vater geantwortet, er wünschte, sie wäre sich sicher, statt ihm etwas zu unterstellen, das schlichtweg falsch ist. Meine Mutter sagte, sie sei sich praktisch sicher, und dieses »Praktisch« hat meine Eltern gegeneinander aufgebracht und ihrem Kummer eine weitere Belastung hinzugefügt. Und das Groteske dieses »Praktisch« beraubt meine Eltern immer mehr ihrer ohnehin kaum noch vorhandenen Kraft, es sei denn, ihre Wortgefechte seien der einzige Ort, an dem sie noch aufrecht stehen – jeder hinter seiner Meinung verschanzt, in seinen Stolz gehüllt, meine Mutter fest davon überzeugt, dass sie niemals ein Mofa im Haus haben wollte (das es dann aber doch gab), während mein Vater den ungerechten Vorwurf, der einzig Verantwortliche zu sein, vehement von sich weist. Kann man ein Drama allein auf die Sprache zurückführen? Meine Mutter hätte niemals ihre Zustimmung gegeben, was bedeutet, dass sie niemals ja gesagt hat, was aber, wenn sie eventuell auch nicht nein gesagt hat? Wenn meine Mutter nur insofern zugestimmt hätte, als dass sie sich nicht kategorisch widersetzt hat? Vermutlich hat sie bei einer Diskussion, die alle außer ihr vergessen haben, einige Vorbehalte geäußert und das ausgesprochen, was alle Eltern befürchten: dass es zu einem Unfall kommen könnte, einem Unfall mit tödlichem Ausgang. Sie hätte kein Mofa gewollt, aber eigentlich will ja niemand ein Mofa im Haus, außer dem Jugendlichen, der Tag für Tag von nichts anderem redet und behauptet, dass man so Monat für Monat die Kosten für die Busfahrkarte zur Schule spare. Und die Sache mit dem Monatsabo für den Bus – daran erinnere ich mich noch gut, wurde an einem Sonntagabend bei Tisch diskutiert, als wir von einem Besuch bei den Großeltern zurückgekommen waren. Eigentlich nicht wirklich diskutiert, aber ich bin mir sicher, dass meine Mutter dafür empfänglich war. Natürlich wollte sie kein Mofa, genauso wenig wie sie drei Kinder gewollt hatte, aber sie waren nun einmal gekommen, und nachdem die Kinder da waren, hat sie sich damit abgefunden, sagen wir ruhig, dass sie sich sogar darüber gefreut hat, aber Kinder sind nun mal sterblich, und somit beschlich sie gleichzeitig auch die Angst, sie wieder zu verlieren. Mein Vater ist ebenfalls dafür verantwortlich, dass diese Kinder kamen, ebenso wie er für den Vorschlag verantwortlich war, Simon den alten Fernseher zu geben. In diesem Punkt hatte meine Mutter die Kraft gehabt, ein Veto einzulegen. Sie war dagegen, das alte Fernsehgerät in Simons Zimmer zu stellen, aber da war es schon zu spät, ihr jüngster Sohn war bereits tot.

Es ist einer meiner ersten Sonntage hier und ich würde am liebsten unter meiner Decke liegen bleiben, da mich der gestrige Anruf meiner Mutter ziemlich mitgenommen hat. Doch da klopft es an meiner Tür, obwohl es noch nicht einmal neun Uhr ist. Herr Bergen steht da, mit einer Tasse Kaffee. Er tritt ein, setzt sich auf mein Bett, und es ist mir peinlich, weil mir sicher sämtliche Haare vom Kopf abstehen und mein Gesicht vom Schlaf verquollen ist. Ich finde es taktlos, dass er ungebeten in mein Terrain eindringt, die wenigen Quadratmeter Privatsphäre, die ich habe, aber sein ungewohntes Lächeln sagt mir, dass es einen Grund gibt, der mich irgendwie betrifft. Mit seinem rollenden R erklärt er mir, dass wir einen Ausflug machen werden, ich kann das Verb »spazieren fahren« identifizieren, ebenso wie das Wort »Grenze«. Daraus schließe ich, dass für diesen Morgen eine Fahrt bis an die Grenze auf dem Programm steht, aber es gibt auch andere Möglichkeiten, denn Grenze kann sowohl »frontière« als auch »limite« oder »lisière« bedeuten. Gehen wir bis zur Erschöpfung (à la limite) oder am Rand (lisière) des Waldes, oder aber an der frontière (Grenze) spazieren? Ich sehe mich im Geiste schon wieder am Waldrand entlangstapfen, mit beiden Füßen im hohen Schnee und mit Frau Bergen am Arm, die eine Zigarette im Mundwinkel hängen hat und nicht weiß, in welche Richtung wir gehen müssen. Ich weiß nicht recht, von welcher Grenze er spricht, ich habe mir nicht die Mühe gemacht, auf einer Deutschlandkarte genau nachzusehen, wo ich mich befinde. Ich weiß nur, dass ein paar Kilometer weiter nördlich die Ostsee liegt – beim Aussteigen habe ich im Zug eine Karte von Norddeutschland gesehen – und dass dann Dänemark kommt, das mir irgendwie unerreichbar erscheint. Ich werde sauer auf mich, weil ich nichts antworten kann außer »jawohl« und nicht fähig bin, auch nur die banalste Frage zu stellen. Aber immerhin schaffe ich es zu fragen, um wie viel Uhr es losgeht, dann bedanke ich mich für den Kaffee, der noch heiß ist. Trotzdem stehe ich nur widerwillig auf und frage mich, ob mich die Bergens irgendwann mal in Ruhe lassen werden. Als ich mich in dem Spiegel im Schrank betrachte, sage ich mir zum wiederholten Male, dass ich endlich meine eigenen *Grenzen* ziehen muss – ah, schon wieder dieses Wort. Im Moment bin ich noch in der Eingewöhnungsphase, sage ich mir, aber bald werde ich aktiv werden, sprich: selbst über mein Leben entscheiden. Ich weiß nicht, ob mich die Bergens für ihr drittes Kind halten, vielleicht machen sie da keine Unterscheidung, da mir scheint, als wollten sie auf mich aufpassen, mich überallhin begleiten, meine Einkäufe bezahlen und mich auf die Rückbank zwischen Nina und Thomas setzen. Wir sind erst wenige Kilometer gefahren, als Herr Bergen neben einer schmalen, einsamen Straße anhält, mitten im Niemandsland, und ich werde sofort unruhig. Wie geht es weiter? Ganz einfach: Die Eltern zünden sich Zigaretten an, steigen aus und atmen in vollen Zügen durch, als stünden wir auf einem hohen Berg oder an der Küste eines glitzernden Meeres. Das Lächeln auf ihren Lippen soll mir sagen, dass alles in Ordnung ist, doch es macht mich eher beklommen, denn das Lächeln von Eltern hat in meinen Augen bisher nie etwas Gutes bedeutet. Ich beobachte lieber die Kinder, die sich offenbar nicht viel aus diesem Sonntagsausflug machen, und ich denke an unsere Ausflüge in Frankreich zurück, als wir mit den Rädern zum Wasserschloss gefahren sind oder zu Fuß auf dem Treidelpfad am Fluss entlangmarschiert sind, was meine Brüder und mich fast wahnsinnig machte, nachdem wir in die Pubertät gekommen waren. Der einzige Trost bestand darin, dass wir zusammen waren, Simon als ewiger Meckerer, und Leo, der als Nachkömmling die älteren Geschwister nachahmte, sowie ich, die ich stocksauer war, weil ich lieber bei meinen Freundinnen gewesen wäre, die den ganzen Nachmittag in ihrem Zimmer herumhängen durften und nicht unter dem Leitmotiv ihrer Eltern zu leiden hatten, die geradezu davon besessen waren, ihre Kinder an die frische Luft zu jagen. Vermutlich dachten sie, dass wir, sobald wir eine andere Luft atmen als die in unserer Wohnung, Dampf – oder vielmehr Luft ablassen würden, als wären wir allzu pralle Luftballons. Wenn wir dann unterwegs waren, haben sie uns nicht etwa in Ruhe unsere aufgestaute Wut verdauen lassen, sondern wir mussten recht schnell gehen, damit das Blut ins Fließen kommt und die Körper von uns abgestumpften Stadtbewohnern wieder rein würden. Wir waren absolut lächerlich – unsere Eltern in ihrer makellos gebügelten Freizeitkleidung, etliche dutzend Meter vor uns, während wir hinter ihnen herschlurften und uns schworen, dass es wirklich das allerletzte Mal war, dass wir uns das nächste Woche nicht mehr gefallen lassen und zu Hause bleiben würden; gleichzeitig machten wir uns darüber lustig, was für wohlerzogene Kinder wir doch waren, perfekt abgerichtet, so dass unsere Eltern sich der Bewunderung ihrer Bekannten und der gesamten Gesellschaft sicher sein konnten.

Nina und Thomas gehen als Erste los, nehmen eine Abkürzung über ein Feld, das mehr schlammig als verschneit ist, dann warten sie auf mich. Wir gehen zu dritt voraus, die Köpfe in den Kapuzen vergraben, die Hände in den Taschen, auf den Schultern die kleinen Rucksäcke mit unserem Picknick. Nach etlichen hundert Metern sehe ich Wachtürme und begreife, dass wir an der Grenze sind, der Grenze, die West- von Ostdeutschland trennt. Ich kann es noch nicht fassen, dass ich tatsächlich hier bin, an der im Geschichtsunterricht so oft erwähnten Linie, der symbolischen, aber absolut realen Grenzlinie, die durch einen mehrere Meter hohen Maschendrahtzaun gekennzeichnet ist. Herr Bergen reicht mir sein Fernglas, und ich kann, nachdem ich an dem Rädchen gedreht habe, die Soldaten oben auf den Wachtürmen sehen, bewaffnet und behelmt, leibhaftige Männer, deren abschreckende Anwesenheit mir die Intensität der Situation bewusst macht und mich die Bürde der Geschichte spüren lässt. Wenn ich bis zum Abitur durchgehalten hätte, wäre mit Sicherheit auch der Zweite Weltkrieg durchgesprochen worden. Aber unabsichtlich habe ich diese Reise gemacht, um mich mit eigenen Augen davon zu überzeugen, und dieser Sonntag ist vermutlich wertvoller als jede Geschichtsstunde. Am Drahtzaun hängen Schilder, die jeden davor warnen, darüberzuklettern, und ich kann das Wort »Lebensgefahr« erkennen, was ich etwas seltsam finde, denn wir Franzosen sprechen von »danger de mort« – Gefahr von Tod. Eine Frage der Logik. Das Leben ist in Gefahr.

Wenige Meter von dem Drahtzaun entfernt, packen wir das Picknick aus den Rucksäcken aus, und weitere Familien treffen ein, die denselben Spaziergang machen, die Wachtürme betrachten, ihre Hunde nicht von der Leine lassen und ihr Roggenbrot und ihre Salamischeiben auspacken. Es gibt keine Sitzgelegenheiten, und deshalb essen wir im Stehen, nach Osten gewandt, und die endlose Schneefläche, die sich vor uns erstreckt, bekommt plötzlich eine ganz andere Bedeutung. Ich weiß, dass es hinter dieser Grenze eine verbotene Welt gibt, die man sich als erschreckend vorstellt, da man sie nicht kennt. Nina reicht mir einen Apfel und sagt, dass ihre Großmutter auf der anderen Seite wohnt.

Ich möchte den *Zauberberg* auf Deutsch lesen, weil ich glaube, dass ich auf diese Weise rasche Fortschritte machen würde. Doch das Buch gibt es nicht in der Stadtbücherei, deshalb kaufe ich es in einer Buchhandlung, fest davon überzeugt, dass ich das dicke Buch bis zum Ende meines Aufenthalts zu Ende lesen kann. Jedenfalls zwinge ich mich, jeden Abend eine oder zwei Seiten zu lesen, die Wörter, die ich nicht kenne, im Wörterbuch nachzuschlagen und in ein Heft zu schreiben. Wenn ich die Wäsche zusammengefaltet, die zueinandergehörenden Socken zusammengelegt, den Tisch abgeräumt und den Geschirrspüler eingeschaltet habe, Nina beim Aufräumen ihres Zimmers geholfen und einen langen Brief an Simon geschrieben habe, begebe ich mich Abend für Abend zu Hans Castorp, dem verwaisten jungen Mann im Sanatorium von Davos. Hans, dessen große Reise mir erlauben wird, in die deutsche Sprache und in die deutsche Geschichte einzutauchen. Ich lege mein Vertrauen in die Hände von Thomas Manns armem Helden und hoffe, dass er mich von meiner Vergangenheit ablenken wird und mich meine Gegenwart besser ertragen lässt. Davon gehe ich zumindest aus, als ich mich allabendlich daranmache, die verlorene Zeit aufzuholen.

Ich kämme Ninas lange Haare und sie lässt es inzwischen ohne Theater und ohne Grimassen zu schneiden über sich ergehen. Der Tag bricht gerade an, wenn wir an der Haltestelle des Schulbusses ankommen. Ich spiele Karten mit den Kindern, und Nina und ich raufen uns manchmal auf dem Wohnzimmerteppich und seltsamerweise ist es immer Nina, die gewinnt. Wahrscheinlich steht sie mir in Sachen Nervosität und Gewicht nicht viel nach. Ich verbringe lange Stunden bügelnd vor dem Fernseher und verstehe allmählich besser, was die langen Sätze bedeuten. Frau Bergen zündet eine Zigarette nach der anderen an, und irgendwann wage ich, ihr zu sagen, dass es nicht gut für sie ist. Da lächelt sie traurig, und ich mag die Art nicht, wie sie meinem Blick ausweicht. Herr Bergen steht spät auf, trinkt mehrere Tassen Kaffee und sitzt dabei immer im gleichen Sessel. Dann geht er wieder nach oben und nimmt ein Bad, das endlos lange dauert. Thomas lässt sein Mofa anspringen und kommt erst am Nachmittag zurück. Er nimmt den Helm ab, schüttelt seine langen Haare und stürmt in die Küche, um zu sehen, was es zu essen gibt. Sein Mofa verliert immer noch Benzin, so dass es in meinem Zimmer nach wie vor fürchterlich stinkt. Frau Bergen fährt mich regelmäßig zur Stadtbücherei, und wir kommen manchmal immer noch erst dort an, wenn sie schon schließt. Samstagmorgens geht sie hin und wieder im Schnee spazieren und wirft Tannenzapfen, die Naphta im Flug auffängt. Ich fahre mit Frau Bergen zum Supermarkt, aber sie kauft keine Leber mehr. Sie gibt mir jede Woche das vereinbarte Taschengeld, und ich weiß immer noch nicht, wie viele Stunden ich denn nun pro Woche arbeiten soll. Meine Mutter ruft grundsätzlich am Wochenende an, hat aber nie etwas zu sagen, und meinen Vater holt sie nur selten an den Apparat. Ich erhalte Briefe von Simon, manchmal mehrere Seiten lang, dann wieder nur eine, und das ist immer der Höhepunkt der Woche. Am wohlsten fühle ich mich hier, wenn ich auf meinem Bett liege, eine Kassette der *Stranglers* höre: »No more heroes any more«, die mein Bruder mir geschickt hat. Ich lese Simons Briefe ein erstes Mal, dann noch einmal und konzentriere mich auf die Stellen, die mir am besten gefallen haben. Seine Briefe sind lustig, ich liebe den Humor meines Bruders, die Art, wie er aus Schwarz Rosa macht; ein Glück, dass er dieses Talent hat, denn man muss stark sein, um das ganze Schwarz verarbeiten zu können, von dem er umgeben ist. Wenn ich seine Worte lese, höre ich seine Stimme, auch die leichte Ironie darin, und ich sehe seine dunklen Augen, lasse sie mir aber nicht mehr zu nahe kommen, wegen dem, was ich darin gelesen habe. Thomas schaut in seinem Zimmer fern, Nina leistet ihm Gesellschaft. Frau Bergen lässt die Toasts am Sonntagmorgen häufig anbrennen. Wenn Herr Bergen ans Telefon geht, tut er das mit einer Ruhe, die mich schmunzeln lässt. Frau Bergen lässt ihr Badewasser nicht ablaufen, nachdem sie gebadet hat. Die Kinder sollen nach ihr darin baden. Die Schmutzwäsche sammelt sich im Wäschekorb an, doch Frau Bergen sagt mir nie, ich solle sie waschen. Ich kann Herrn Bergens Hemden inzwischen faltenfrei bügeln. Thomas trägt noch keine Hemden, sondern nur Kapuzen-Sweatshirts. Thomas kommt oft zu mir in die Waschküche, hier unterhalten wir uns offenbar am liebsten. Dank des Heizkessels, der in regelmäßigen Abständen anspringt, ist es hier schön warm. Thomas setzt sich auf die Waschmaschine, und ich lehne mich an das große Waschbecken.

Am Samstagabend kommen manchmal Freunde der Bergens zu Besuch, und diese Abende enden nicht selten in der Diskothek, die neben meinem Zimmer liegt. Da geschieht nichts Besonderes. Es sind immer dieselben Paare. Alle reden ganz laut, um sich Gehör zu verschaffen, und die Musik bringt die mit Holz verkleidete Zwischenwand fast zum Beben. Alle trinken Bier, mit Ausnahme von mir leider, die ich kein Bier mag, doch dadurch errege ich natürlich Aufmerksamkeit. Ich nehme eine Coca-Cola, und die Freunde der Bergens schließen daraus, dass die Franzosen nur Cola trinken – so als würde ich ganz Frankreich vertreten. Dann kommt der Moment, wenn alle tanzen, und ab da wird es etwas kompliziert, denn meinetwegen sind wir immer eine ungerade Anzahl – sieben oder neun Personen – auf jeden Fall eine ungerade Zahl, und den Tanzenden ist es offenbar peinlich, wenn ich abseitsstehe. Ich sehe die Erwachsenen tanzen, und statt mich von der Musik und den Spotlights mitreißen zu lassen, würde ich plötzlich am liebsten losheulen; ich frage mich, was ich hier mache, an einem Samstagabend über tausend Kilometer weit weg von zu Hause, während die anderen ihren Spaß haben, jeder voll und ganz in seinem Leben ist, in der Chronologie seiner eigenen Geschichte, und ein vergnügliches Wochenende verbringt. Ich bin die Einzige, die diese Augenblicke nicht genießen kann, obwohl ich mit dem Fuß den Takt mitklopfe, um zu zeigen, dass ich mich amüsiere. Ich befürchte, dass ich den anderen leidtun könnte, ich geniere mich, weil die Freunde der Bergens, aufmerksam und zuvorkommend, wie sie sind, alles tun, damit ich mich ebenfalls amüsiere. Am unwohlsten fühle ich mich, wenn mich einer der Männer zum Tanzen auffordert und seine Frau vorübergehend sitzen lässt, die sich dem Anschein nach darüber freut, dass ihr Ehemann so charmant ist. Dann stehe ich unversehens auf der Tanzfläche, in den Armen eines Unbekannten, und versuche den richtigen Schritt zu finden, so wie ich normalerweise die richtigen Worte suche. Ich lasse mich von dem Mann führen, bin gezwungen zu lächeln, um locker und entspannt zu wirken, und konzentriere mich auf den Takt, weil ich mich nicht komplett blamieren möchte. Ich bin steif, viel unbeweglicher, als ich sein möchte, und erinnere mich an die Abende, an denen ich mit meinem Vater getanzt habe, bei der Hochzeit meiner Cousins, ich war ungefähr dreizehn damals, an die nicht enden wollenden Nächte in Restaurants auf dem Lande, wo die Musik bis zum frühen Morgen aufspielte. Die Nächte, in denen sich ein Walzer an den anderen reihte, die Paso dobles und die Marschmusik, während die Jungen sauer waren und in die Disko gehen wollten. Ich erinnere mich, wie mir mein Vater jeden Schritt gezeigt hat, mit seiner liebevollen Geduld, er, der vorbildlich tanzen konnte, während ich in meinem langen Kleid mehrmals stolperte, mich an seine Arme klammerte, von ihm führen ließ und damals mit mir und der Welt im Reinen war, während sich meine beiden Brüder über mich lustig machten, als sie mich auf der Tanzfläche sahen, weil sie vermutlich etwas eifersüchtig waren. Dieses Gefühl fällt mir wieder ein, das ich seither nicht mehr verspürt habe, als wenn es in eine frühere Zeit gehörte, in eine Epoche, die nun tabu war, jene, in der wir eine Familie gewesen waren; eine Familie, in der sich mein Vater und meine Mutter auf der Tanzfläche in die Arme nahmen, wenn eine Viertelstunde Tango kam. Alle haben sie beneidet, weil sie perfekt harmonierten. Mir kommen die Tränen, und ich konzentriere mich rasch wieder auf meine Füße, aber ich fühle mich linkisch und lächerlich, ich lasse mich widerstandslos führen, und bald schon hat sich ein Kreis um uns gebildet, ein Kreis von fröhlichen Menschen, die den Takt klatschen, als fände eine Einstandsfeier statt, als wäre ich eine Person des öffentlichen Interesses. Und plötzlich fühle ich mich wie ein Vorzeigeobjekt, eine Sehenswürdigkeit, die man zur Schau stellt, obwohl die Bergens und ihre Bekannten nur nett zu mir sein wollen; ich stehe gegen meinen Willen im Mittelpunkt und spüre die Blicke der Männer und Frauen auf meinem siebzehnjährigen Körper, ich spüre sie näher kommen und unter den roten und grünen Lichtern schwitzen, so fasziniert von mir, als würde ich gleich einen Bauchtanz vorführen; jemand dreht die Musik lauter, und das Fest ist auf seinem Höhepunkt, mein Tanzpartner wirbelt mich ein letztes Mal herum, bevor er mich an den nächsten Tänzer weitergibt; eine Zeitlang werde ich so von einem Mann zum nächsten weitergereicht und bereue, dass ich kein Bier mag, denn wenn ich ein bisschen getrunken hätte, stünde mir mein Verstand nicht so im Weg und ich würde die Realität nicht als so belastend empfinden.

Am nächsten Morgen räume ich die Diskothek auf, werfe die Essensreste, Pappbecher und das Plastikgeschirr in den Mülleimer, gehe mit dem Staubsauger durch, dann mit dem Aufwischlappen über den fleckigen Boden. Das hat mir niemand aufgetragen, aber es ist mir ein Bedürfnis, die Spuren der vergangenen Nacht zu beseitigen, ich muss aktiv sein, etwas bewältigen, organisieren, während ich noch wenige Stunden zuvor nichts entschied, die Erwachsenen über mich verfügen ließ, sie ihren Spaß mit mir haben ließ, als wäre ich ihr Spielzeug. Ich habe den ganzen Tag Zeit, um wieder Klarschiff zu machen, alles wieder auf Hochglanz und in Ordnung zu bringen, was durcheinandergebracht wurde. Ich muss den Raum auch lüften, um den kalten Zigarettengestank und die Schweißgerüche zu vertreiben, doch in der Diskothek gibt es kein Fenster. Die Gerüche haften sogar an den Kissen und Wandteppichen. Ich erzeuge einen schwachen Luftzug, indem ich das Klappfenster in meinem Zimmer öffne. Wenn ich dann meine Zimmertür auflasse, kann die Luft im Kellergeschoss zirkulieren, und ich frage mich, ob dieses Bedürfnis zu lüften nicht richtiggehend zwanghaft ist.

Nina geht nicht jeden Tag zur Schule. Manchmal darf sie zu Hause bleiben. Ich wüsste zu gern, was sie daran hindert, aus dem Haus zu gehen. Ich erfahre es nie im Voraus, es entscheidet sich erst nach dem Aufwachen am Morgen. Wenn ich sie zwingen will, aufzustehen, klammert sie sich manchmal an ihre Bettdecke. Zuerst sagt sie, ich solle kein Licht anmachen, dann schüttelt sie den Kopf, und wenn ich sie anfasse, stößt sie mich so heftig zurück, dass ich lieber nichts mehr sage. Ich warte ein paar Minuten, gehe wieder nach unten in die Küche und bereite das Frühstück zu, obwohl ich weiß, dass Nina sich weigern wird, etwas zu essen. Trotzdem schneide ich Brot, bestreiche es mit Erdnussbutter, mache die Kaffeemaschine an und gehe dann noch einmal nach oben, um einen zweiten Versuch zu starten. Ich betrete Ninas Zimmer ganz leise, sage ihr, dass es schon spät ist, hebe die Kleidungsstücke auf, die sie vor ihr Bett geworfen hat. Ich versuche es mit einer Frage, die sie nicht mit ja oder nein beantworten kann. Ich frage, ob sie eine oder zwei Scheiben Brot will, ob sie lieber ein Kleid oder eine Hose anziehen möchte. Aber Nina dreht sich nur auf die andere Seite, zieht sich die Decke über den Kopf und wartet, dass ich wieder hinausgehe. Doch ich setze mich auf ihre Bettkante, fühle mich ohnmächtig, vermute, dass Nina nur launisch ist und werde instinktiv sauer. Zögernd stehe ich vor der Tür des elterlichen Schlafzimmers. Soll ich klopfen? Ich lausche. Hinter der Tür scheint sich nichts zu rühren, wahrscheinlich schlafen beide noch. Da höre ich Nina aus ihrem Zimmer rufen, dass es nichts nützt, ihre Eltern zu wecken, sie wüssten Bescheid und hätten nichts dagegen, dass sie heute zu Hause bleibt. Ich glaube ihr nicht und kleide sie gegen ihren Willen an. Endlich gibt sie klein bei und geht die Treppe hinunter, indem sie auf ihre rebellische Art die Stufen hinuntertrampelt; doch sie legt sich nur im Wohnzimmer aufs Sofa, zieht Naphta zu sich hoch und drückt ihn ungestüm an sich. Nina verweigert die gestrichenen Brote, die ich ihr hinstelle, das Glas Milch, den Orangensaft. Sie zieht die Stiefel wieder aus, die ich ihr mühsam angezogen hatte. Ich muss mich zusammenreißen. Es kostet mich große Mühe, und ich weiß nicht, wie ich diese Situation lösen kann, ohne die Beherrschung zu verlieren. Ich greife zu verschiedenen Methoden, um mein Ziel zu erreichen: zuerst die sanfte, dann die komplizenhafte und schließlich die autoritäre Art, aber nichts hilft. Nina liegt nach wie vor auf dem Sofa, ist weder gewaschen und gekämmt, und wir müssen in spätestens fünf Minuten aus dem Haus gehen, wenn wir noch rechtzeitig an der Bushaltestelle sein wollen. Schließlich sage ich zu Nina, sie müsse zur Schule gehen, ich glaube, dass ich das richtige Hilfsverb gefunden haben, »müssen«, das eine Verpflichtung bedeutet, zu der es keine Alternative gibt. Etwas anderes fällt mir im Moment nicht ein, ich verlasse mich auf meinen gesunden Menschenverstand und sage: »Du musst zur Schule gehen.« Und dieser kleine, unbedeutende Satz, klar und eindeutig, ist ein Befehl und offenbar effizient und beruhigend, denn Nina schlüpft brav wieder in ihre Stiefel, wäscht sich am Wasserhahn in der Küche das Gesicht und bindet ihre Haare mit einem Gummi zusammen. Als ich die Haustür hinter uns schließe, wirft sie mir einen halb anklagenden, halb verzweifelten Blick zu, der mich an die Blicke erinnert, die mein kleiner Bruder Leo meinem Vater zuwarf, wenn dieser ihm einen Gefallen verweigerte. Wir gehen nebeneinander durch das noch zaghafte Morgengrauen, schweigend, und außer den Geräuschen unserer Stiefel auf dem fast geschmolzenen Schnee ist nichts zu hören. Dann, wie jeden Morgen, lässt Nina mich hinter sich zurück, indem sie einfach ihren Schritt beschleunigt, und unser kleines Spielchen fängt wieder an, mit dem Unterschied, dass Nina an diesem Morgen so schnell rennt, dass sie rasch hinter der letzten Kurve verschwindet. Und als ich an der Bushaltestelle ankomme, steht niemand da. Ich drehe mich im Kreis, suche mit den Augen das Halbdunkel ab, renne los, weiß aber nicht, ob ich in die richtige Richtung laufe. Ich rufe natürlich nach ihr, Dutzende von Malen, ich rufe und schreie, sie solle sich zeigen. Hört sie mich überhaupt? Ich rufe, sie solle aufhören, sich zu verstecken. Ich gehe bis an den Waldrand, doch in dem matschigen Schnee sind keine Fußspuren zu sehen, ich rufe trotzdem über die Tannen hinweg, schreie sinnloses Zeug, flehe Nina an, mich nicht im Stich zu lassen, ich schreie auf Französisch, werde immer aufgeregter, laufe zwischen die Bäume, verliere mich in dem undurchdringlichen Wald; es ist inzwischen nicht mehr Nina, die ich suche, sondern es ist Leo, doch ich habe bald schon keine Stimme mehr, mein Brustkorb schmerzt, und ich würde mich am liebsten unter die Tannen legen, von deren Ästen geschmolzener Schnee tropft. Ich kauere mich inmitten der Farne auf den Boden und bleibe eine geraume Zeit dort sitzen, ich habe das Gefühl, die tausend Kilometer zurückgelegt zu haben, um endlich zu wagen, nach Leo zu suchen, und ich bilde mir ein, ihn hier finden zu können, in der feuchten Kälte eines einsamen, frühen Morgens, auf einem schlecht erhellten Weg, der an den Gleisen entlangführt, doch Leo ist ebenso wenig in diesem deutschen Wald wie in einer anderen Gegend unseres Planeten. Ich kann rufen, so lange ich will, ich kann Leos Namen mit dem von Nina verwechseln, meine Stimme hallt zu mir zurück, zart und schwach, in einem verzweifelten Echo, und ich begreife, während ich hier unter den Bäumen kauere, außer Atem und leer, dass Leo nie mehr zurückkommen wird. Ich habe so viel Zeit gebraucht, um mir dessen endlich sicher zu sein. Fast ein Jahr.

Thomas steht in der Küche. Er begreift sofort, dass etwas nicht stimmt. Ich will ihm sagen, dass Nina verschwunden ist, aber ich weiß nicht mehr, ob man »sie hat verschwunden« oder »sie ist verschwunden« sagt. Ich will Thomas nicht erschrecken und versuche, ruhig zu bleiben. Thomas beschwichtigt mich, Nina verschwindet regelmäßig, das hat Frau Bergen mir schon am Anfang zu erklären versucht, aber offenbar habe ich es nicht verstanden, wahrscheinlich habe ich nur dümmlich genickt und gelächelt und nicht gewagt, sie zu bitten, ihren Satz zu wiederholen. Ich gestehe Thomas, dass Nina nicht zur Schule gehen wollte und dass ich sie dazu zwingen wollte. Ich habe ein schlechtes Gewissen. Er erklärt mir: »Sie kann nicht.« Er sagt nicht: »Sie will nicht.« Ich hoffe, dass er mir eines Tages den Unterschied zwischen diesen beiden Sätzen erklärt, ich würde gern verstehen, was Nina daran hindert, in die Schule zu gehen, sie wirkte nicht krank, ich habe nichts bemerkt. Vielleicht ist es dasselbe, was mich daran gehindert hat, weiter aufs Gymnasium zu gehen? Ein unsichtbares Leiden, das irgendwo in der Magengegend wohnt, ein kleines ausgehungertes Tier, das einem die Eingeweide auffrisst und sich im Brustkorb einnistet. Thomas hilft mir bei der Suche nach Nina, wir nehmen Naphta mit und sind voller Hoffnung. Nina ist nicht weit weg, sie kommt uns auf halbem Weg entgegen. Ich staune, wie froh ich bin, sie zu sehen. Ich drücke sie an mich, dann gehen wir zu dritt nach Hause zurück. Nachdem wir unsere Stiefel ausgezogen haben, fallen wir erschöpft aufs Sofa. Die Eltern sind noch nicht aufgestanden.

Es ist das erste Mal, dass ich den Bus nehme, um allein in die Stadt zu fahren. Niemand hat vorgeschlagen, mich zu begleiten. Ich habe den Eindruck, dass die Bergens irgendein Problem haben müssen, sie vergessen mich ein bisschen. Ich nehme die kleine Straße unterhalb des Hauses und bin nach etwa zehn Minuten an der großen Straße. Ich kaufe mir eine Fahrkarte und setze mich in dem halbleeren Bus nach hinten. Es ist ein grauer Tag, die Straße ist nass, ich muss die beschlagene Fensterscheibe sauber wischen, um etwas von der Landschaft sehen zu können. Ich lasse mich von der Wärme einlullen, von der ich aber rasch Kopfschmerzen bekomme. Der Schnee ist weitgehend geschmolzen und die gebrochenen Farbtöne erzeugen eine Atmosphäre aus Sepiabraun und früheren Zeiten. Ich fühle mich unerwartet in dieses fremde Land versetzt, wie in eine andere Epoche und in ein anderes Leben, und ich betrachte die Wälder und die Wiesen und Felder, als wären sie nur ein provisorisches Bild, eine Kulisse, die jeder Konsistenz oder Realität entbehrt. Ich lege den Kopf an die kalte Glasscheibe und spüre eine Müdigkeit in mir aufsteigen, die bleischwer auf meinen Gliedmaßen lastet. Es ist die Müdigkeit, die ich die ganze Zeit schon verspüre. Ich denke an Simon, so weit von mir entfernt, und die Sehnsucht nach ihm schmerzt; es kann aber auch die Sehnsucht nach Leo sein, das kann ich nicht mehr unterscheiden. Ich bin aufgebrochen, um die Leere umzugestalten und andere Himmel, andere Wörter auszufüllen. Aber die Leere gräbt neue Gänge in mir, erwartet mich dort, wo ich nicht mit ihr gerechnet hätte. Der Autobus fährt gemächlich vor sich hin, und ich würde am liebsten einschlafen, den Kopf an der Scheibe. Vergessen, dass ich gleich nach dem Stadtrand aussteigen muss, um in die Stadtbücherei zu gehen und wieder in einer fremden Sprache zu lesen und zu schreiben, mich meiner Substanz zu entleeren, mein französisches Gedächtnis durch deutsche Sätze zu ersetzen, durch Personen aus einem anderen Jahrhundert, Personen mit anderen Lebensbedingungen, die jedoch ebenfalls gegen Kummer und den Tod ankämpfen. Doch der Tod anderer ist nicht zwangsläufig ein tiefer seelischer Schmerz, das wird mir klar, als ich den *Zauberberg* lese, die Angst vor dem Tod gibt einem ganz im Gegenteil einen Sinn im Leben, sie hält das ganze Buch zusammen, hält einen in Atem, fasst die Worte des Schriftstellers zusammen. Aber der wahre Tod, der Tod, den man nicht in den Büchern findet – ich wüsste gern, wie man ihn durchlebt und ob man ihn eines Tages hinter sich lassen kann. Ich dachte, es würde genügen, wenn man mehr als tausend Kilometer zurücklegt, doch das stimmt nicht: Leos Tod ist gleich hinter der Fensterscheibe des Autobusses, er ist im Fahrgastraum, abends in meinem Bett, liegt in der Musik von *Joy Division*, die ich unter meiner Decke höre, in den Bewegungen von Thomas, wenn er morgens sein Mofa startet; er ist zu einem Teil von mir geworden und ich kann mich nicht von ihm trennen.

Ich bummle noch ein bisschen durch die Straßen, bevor ich in die Bücherei gehe, um den Augenblick hinauszuschieben, in dem ich mich an die Arbeit mache. Niemand zwingt mich zu lesen oder zu schreiben, niemand erwartet etwas von mir. Die Bücherei ist nur mein Alibi, das von mir erfundene Szenario, um dem Haus der Bergens zu entfliehen und mich der Illusion hinzugeben, eine eigene Geschichte aufzubauen, etwas, das nur mir gehört. Ich brauche einen Weggefährten und habe Thomas Mann für diese Rolle ausgewählt, aus Bequemlichkeit vielleicht, da er in der ganzen Stadt präsent ist, aber auch, weil dieser Mann mich neugierig gemacht hat, von dem ich nichts weiß, außer dass er wie sein Romanheld in einem Sanatorium war und sein ganzes Leben lang den Nazismus bekämpft hat. Indem ich in den Werken in der Stadtbücherei herumblättere, erfahre ich, dass Thomas Mann auch den *Tod in Venedig* geschrieben hat, dass er den *Zauberberg* 1924 veröffentlicht hat, einen Roman, an dem er über zehn Jahre lang geschrieben hatte, und dass er 1929 den Nobelpreis für Literatur verliehen bekam. Ich erfahre außerdem, dass der Schriftsteller 1933 in die Schweiz emigriert ist, später in die Vereinigten Staaten, um erst lange nach Kriegsende nach Europa zurückzukehren, sich aber weigerte, jemals wieder auf deutschem Boden zu leben. Ich gehe, und es wird windig, der Himmel klart auf, und das Geschrei der Möwen begleitet mich für einen Moment.

Die ersten Sonnenstrahlen erhellen plötzlich die Backsteinfassaden, und ich kann zum ersten Mal das Meer riechen.

Als ich meiner Mutter sage, dass ich inzwischen Hemden bügeln kann, höre ich sie am anderen Ende der Leitung lachen, fast so, als sei dies eine erfreuliche Nachricht. Aber es handelt sich nur um ein kleines, künstliches Lachen, ein Lachen, in dem eine gewisse Ironie mitschwingt. Dann fragt sie mich, ob ich mich noch immer gut mit den Kindern verstehe, und ich erzähle ihr, dass wir Crêpes machen, wenn sie aus der Schule kommen, mit dem Hund rausgehen und im Keller Tischtennis spielen (das ist keine richtige Lüge, denn in einer Ecke steht tatsächlich ein zusammengeklappter Pingpongtisch). Ich erzähle auch, dass ich manchmal mit dem Bus in die Stadt fahre und in die Bücherei gehe. Sie spielt auf die Briefe an, die ich Simon schicke, und macht eine Pause, reicht mir eine Hand, die ich jedoch nicht ergreife. Ich verstehe ihre unausgesprochene Andeutung, aber ich habe nun einmal nichts dazu zu sagen; ja, ich schreibe Simon, und wenn ich meine Worte wähle, stelle ich mir immer vor, dass sie von meiner Mutter gelesen werden könnten, falls sie auf die Idee käme, den Brief zu öffnen. Ich weiß nicht, warum ich denke, dass meine Mutter versucht sein könnte, einen Brief mit einer deutschen Briefmarke zu öffnen, wenn er im Briefkasten liegt – vielleicht, um zu erfahren, was sie nicht weiß? Und gleichzeitig bin ich mir nicht sicher, ob meine Mutter wirklich Lust haben könnte, zu erfahren, was Simon und ich uns anvertrauen. Ich denke, dass sie zögert, den Brief in den Händen hält und hin- und hergerissen ist. Ich bin nicht sicher, ob meine Mutter den Grund meiner Abreise verstanden hat, wie auch? Ich habe nichts gesagt, das sie auf die richtige Spur bringen würde. Ich wusste es selbst nicht, alles war so kompliziert. Das Gymnasium, auf das ich nicht mehr gehen wollte, wenige Monate vor dem Abitur, die Tatsache, dass ich plötzlich nicht mehr in den Unterricht gehen konnte, die Tage, die ich zu Hause verbrachte, ziel- und haltlos, meine Bewerbung bei einer Zeitarbeitsfirma, wenige Tage in einer Lagerhalle, wo ich Nagelfeilen verpackt habe, die Abende, an denen meine Mutter versucht hat, mir ein paar Worte zu entlocken, und in denen ich nichts hatte, was entfernt nach einer Zukunft aussah. Ich wusste nicht, was ich wollte, doch ich begann zu begreifen, was ich nicht mehr ertragen konnte: die Wohnung mit meinen Eltern, hinter den verschlossenen Türen ihrer Schuldgefühle verschanzt, ihre Bemühungen, ihren Kummer zu unterdrücken, um ihre gegenseitigen Hassgefühle hinter sich zu lassen; die neuesten Einfälle meiner Mutter, um uns auf »andere Gedanken« zu bringen, ihr künstlich-»optimistischen« Anwandlungen, ihre hartnäckigen Versuche, die Vergangenheit zu vergessen, stark und ein Vorbild zu sein, meine Mutter, die wir nie weinen sahen, auch nicht jammern oder gar über ihren Kummer reden, nein, alles, nur das nicht – meine Mutter, mit ihrer Maske einer Heuchlerin, ihren voluntaristischen Aussagen, ihren vorgefertigten Redensarten, bei denen es mir kalt den Rücken hinunterlief, ihrem Kampf als Frau, die niemals untergeht, unbesiegbar und nicht totzukriegen ist; meine Mutter, die Tag für Tag lächelt, als wohne Gott persönlich in ihr, die jedem Ansatz eines Gesprächs ausweicht, hat uns jede Möglichkeit genommen, einen Raum für Leo zu schaffen, und sei er auch noch so klein; indem sie den Nachbarn und der Familie das Gesicht einer Frau gezeigt hat, das sie für das Gesicht einer ehrenwerten Frau hielt, hat meine Mutter Leos Existenz einfach ad acta gelegt und somit auch unsere Erinnerungen. Und das, was sie mir einmal pro Woche am Telefon erzählt, die Art, wie sie die Sätze verbiegt, um ja kein Risiko einzugehen, bis hin zur Betonung, beweist mir, dass sie nach wie vor in ihrer Isolation gefangen ist, und auch, dass sie sich Sorgen um mich macht. Folglich verhalte ich mich wie sie, ich habe meine Lektion gelernt, ich jammere nicht, sondern erzähle ihr lieber, dass wir im Frühling mit einem Schiff nach Dänemark fahren. Und sie freut sich mit mir schon im Voraus, was für ein Glückskind ich doch bin!

Als Herr und Frau Bergen herunterkommen, sind sie irgendwie anders als sonst. Sie trinken ihren Kaffee und rauchen, genau wie immer, aber sie strahlen etwas merkwürdig Angespanntes aus. Ihre Bewegungen wirken verkrampft. Vielleicht haben sie sich gestritten, denke ich mir. Es ist schon fast elf, als sie endlich beschließen, ihre Sachen zusammenzupacken und wegzufahren. Bevor sie das Haus verlassen, sagt mir Frau Bergen, sie kämen eventuell erst spät am Abend zurück und ich solle dann ruhig schon mit den Kindern essen und nicht auf sie warten. Ich bitte sie, es zu wiederholen, um mir ganz sicher zu sein: Ja, wir können am Abend ohne sie essen, sie wissen nicht genau, wann sie zurückkommen. Dann geht sie noch einmal nach oben, als wenn sie etwas vergessen hätte. Herr Bergen wartet im Flur, wirkt weder ungeduldig noch verärgert. Seine Gelassenheit erstaunt mich. Ich habe noch nie erlebt, dass er sich aufgeregt hätte, weder über die Kinder noch über den Hund, der manchmal mit Pfoten voller schmutzigem Schnee durchs Haus läuft, noch über seine Frau, die irgendwie nie zu wissen scheint, was sie will. Er zündet eine neue Zigarette an und unsere Blicke treffen sich. Wir wissen nicht, was wir uns mit den Augen sagen sollen, also lächeln wir nur vorsichtig, nicht dümmlich, sondern vorsichtig, als wenn dieses Lächeln ein Wort wäre, ein gesprochenes Wort, in keiner Sprache, wir sagen uns etwas Wohlwollendes oder besser gesagt Aufmunterndes. So, als würde ich ihm schweigend dafür danken, dass er immer so ausgeglichen ist – so ist, wie er ist, der Mann des Hauses, reserviert und unergründlich, obwohl ich den Verdacht habe, dass er nicht immer sehr subtil ist. Herr Bergen hat etwas Schweres an sich, was ihm vermutlich gar nicht bewusst ist. Mir scheint, als wäre er nie an seinem Platz, stünde immer ein bisschen neben sich; ich glaube, dass er nicht stören möchte, er ist diskret und störend zugleich, wie in diesem Moment, als er unten im Flur auf seine Frau wartet; er kommt nicht auf die Idee, den Wagen schon mal anzulassen und in die Fahrtrichtung zu stellen; nein, er eilt seiner Frau nicht voraus, er bleibt stehen und tut nichts außer rauchen, er versucht nicht, etwas Nützliches zu tun, er wirkt fast verloren und bereits allein, ohne die Frau, die oben offenbar endlos zu tun hat, ohne dass ein Mensch wüsste, was das sein könnte. Er wirft einen Blick auf seine Uhr, ruft: »Liebling!«, und ich spüre in seiner Stimme einen Hauch von Unruhe, er ruft erneut und geht schließlich hinauf zu seiner Frau. Ich habe mich getäuscht, sie haben sich nicht gestritten, Herr Bergen klingt nicht, als wäre er verärgert. Ich höre, wie er die Tür zum gemeinsamen Schlafzimmer öffnet und hinter sich schließt. Ich weiß nicht, was danach passiert, ob sie miteinander reden, sich berühren, ich empfinde mich als überflüssig in diesem Haus, nicht befugt, Zeugin einer Szene zu werden, die zum Privatleben anderer

Menschen gehört. Deshalb will ich gerade ins Untergeschoss gehen, als ihre Zimmertür wieder aufgeht, und ich glaube, Frau Bergen weinen zu hören. Ich wage nicht, weiter nach unten zu gehen, man könnte denken, ich wolle fliehen, aber dennoch fände ich es taktlos, einfach stehen zu bleiben. Deshalb stürze ich mich, als wenn ich ein schlechtes Gewissen hätte, ins untere Klo, um abzuwarten, wie es weitergeht. Ich höre ihre Schritte auf der Treppe, dann in der Küche, ich höre, wie eine Schranktür zugeschlagen wird, der Wasserhahn an- und zugedreht wird, und ich nutze diesen Moment, um aus dem Klo zu gehen, so diskret wie möglich, und befinde mich genau zwischen Klo und Küche, als ich Frau Bergens Gesicht sehe, noch immer in Tränen, und mir fällt nicht ein, was ich in einer solchen Situation sagen könnte: Es würde mir schon auf Französisch schwerfallen, was könnte ich da erst auf Deutsch sagen, in einer so heiklen Situation? Mit welcher Floskel könnte ich mein Mitgefühl ausdrücken? Wieder einmal bleibe ich stumm, wie eine Vierjährige, stumm aus Unwissenheit, mit einer vermutlich völlig deplatzierten Körperhaltung: Ich beiße mir unwillkürlich auf die Lippen und ziehe die Augenbrauen hoch – die einzigen lächerlichen Reaktionen, die ich zustande bringe, um Frau Bergen gegenüber eine gewisse Herzlichkeit zu bezeugen. Herr Bergen legt ihr einen Arm um die Schultern, schiebt sie behutsam zur Haustür hinaus und hält ihr die Wagentür auf, damit sie einsteigen kann. Und dann bin ich endlich allein im Haus, und Frau Bergens mysteriöse Tränen hinterlassen in mir den schalen Geschmack von schrecklicher Einsamkeit.

Der Abend mit den Kindern verläuft fröhlich und entspannt. Ich mache Crêpes mit ihnen und sie dürfen sie hochwerfen (wie ich meiner Mutter am Telefon erzählt habe und was mich überhaupt erst auf diese Idee gebracht hat). Ich habe den Eindruck, dass Thomas und Nina sich freuen, dass ihre Eltern nicht da sind, sie nutzen das Haus anders, bleiben weniger lange in ihren Zimmern, halten sich lieber in meiner Nähe auf. Wir sitzen lange in der Küche, mit dem Hund zu unseren Füßen, und amüsieren uns köstlich über die Schimpfwörter, die die Kinder mir beibringen, wenn eine Crêpe misslingt oder nicht richtig in die Pfanne zurückfällt. Wir werden sogar richtig ausgelassen, Thomas provoziert seine Schwester, und ich muss dazwischengehen und ihm sagen, dass er sie in Ruhe lassen soll. Alles in allem aber sind wir froh, dass wir nur zu dritt sind, die Crêpes mit den Fingern essen können, wie und wo wir wollen, wobei wir allerdings ständig darauf lauern, ob Scheinwerferlichter zu sehen sind oder der Motor des VW-Busses zu hören ist. Ich finde es erholsam, einen Abend lang nicht an korrektes Sprechen denken zu müssen, ich vermische Deutsch und Französisch, und die Kinder lachen, wenn ich sage: »Scheiß de merde« oder »Dummheit de connerie«, und wir taufen jede Crêpe, bevor wir sie aufessen, mit einem deutschen oder französischen Namen. Ich finde es befreiend, keine gepflegte Unterhaltung mit zwei Erwachsenen führen zu müssen, die mir Fragen stellen, ohne sich wirklich für mich zu interessieren. Neulich haben sie mich gefragt, wo wir in den Ferien hinfahren, meine Familie und ich, ob uns die Côte d'Azur gefällt. Ich hätte gern scherzhaft geantwortet, dass es meinen Eltern an der Côte d'Azur nicht gefällt, weil es dort zu viele Touristen gibt, besonders deutsche, aber für eine derartig gewagte Antwort hätte ich verdammt viel Fingerspitzengefühl gebraucht. Ich hätte ihnen gern erklärt, dass die Franzosen auf die Deutschen neidisch sind, wegen ihrer Kaufkraft und ihrer starken D-Mark; die Franzosen haben Minderwertigkeitskomplexe auf den Campingplätzen oder in den kleinen Hotels: Sie nehmen die billigeren Zimmer und gehen nur selten ins Restaurant, während sich die Deutschen Vorspeisen, Desserts und ein Getränk pro Kind leisten; die Deutschen sind in Frankreich wie Könige, nach Aussage meines Vaters, sie konsumieren Dinge, die sich der normale Franzose nicht leisten kann. Der Franzose verkraftet die Stärke der D-Mark nur schlecht, ebenso wie die Vorstellung, im eigenen Land als arm zu gelten, und wenn mein Vater hier wäre, hätte er eine Menge dazu zu sagen … oder würde vermutlich eher schweigen und sich zurückhalten, weil meine Mutter ihm den Mund verbieten würde. Eine Konversation dieser Art mit den Bergens ist natürlich unmöglich für mich, weil ich die Nuancen ihres Standpunktes nicht verstehen würde, ich weiß nicht, wie weit ich gehen kann, ich weiß weder, ob sie Sinn für Humor haben, noch ob sie auch etwas einstecken können. Und um so schonungslose Ansichten wie die meines Vaters gegenüber den Deutschen, die in Frankreich Urlaub machen, auszusprechen, brauchte ich ein wesentlich größeres Repertoire an Wörtern als meinen Grundwortschatz, bestehend aus: »Ich mag …« und »Ich mag nicht …« oder: »Ich kenne, ich kenne nicht« oder auch: »Ich weiß, ich weiß nicht …« Ich erinnere mich, dass ich auf die Frage zur Côte d'Azur geantwortet habe, ja, wir lieben die Côte d'Azur, woraufhin die Bergens sagten, das täten sie auch, und ihren Satz mit einem überschwänglichen »Sehr schön!« unterstrichen haben, um mir eine Freude zu machen und auf meinem niederen Niveau zu bleiben. Weil es für mich zu mühsam gewesen wäre, ihnen zu erklären, dass meine Eltern die Bretagne vorziehen, das Plateau du Vercors, das größte Naturschutzgebiet Frankreichs, in den Alpen gelegen, oder die Vulkane der Auvergne – also eher einsame, uninteressante Plätze, wo sie uns, meine Brüder und mich, im Sommer hinzuschleppen pflegten – behielt ich es für mich. Ich erwähnte nur, dass die Bretagne auch schön sei, doch da die Bergens die Bretagne offenbar nicht kennen, ließ ich dieses Thema schnell wieder fallen, und so schlief auch dieses Gespräch wie die meisten unserer Unterhaltungen schnell wieder ein. Sie vergaßen mich und wandten sich den Kindern zu. Ich erinnere mich, dass ich trotzdem einen letzten Anlauf machte, weil ich unbedingt noch erwähnen wollte, dass ich die Bretagne liebe, wegen der Crêpes nämlich (Pfannkuchen) und auch, um »du crabe« zu essen (Krabbe oder Krebs, ich verwechsle diese beiden Wörter ständig). Ich weiß nicht, warum ich das sagte, denn während unserer Bretagne-Urlaube hatten wir nie »crabe« gegessen, aber ich habe oft davon geträumt.

Instinktiv weiß ich, dass die Lügen, die ich auf Deutsch erzähle, eigentlich keine richtigen Lügen sind. Wenn ich nicht ausdrücken kann, was ich wirklich gemacht habe, sage ich eben, was ich nicht getan habe, aber hätte tun *können*. Manchmal ist der Unterschied gar nicht so groß. Wenn ich nicht ausdrücken kann, was ich wirklich denke, sage ich, was ich denken *könnte*. Was macht das schon? Mir wird klar, dass die Vergangenheit, das Leben und die Vorlieben eines jeden im Hier und Jetzt kaum von Bedeutung sind. Welchen Unterschied macht es für die Bergens, ob ich in Paris oder in Lyon wohne, ob ich lieber ans Meer oder in die Berge fahre, ob mein Sittich davongeflogen ist oder nicht? Es geht nicht um viel, wie bei jedem Arbeitsverhältnis: Man muss sich von seiner besten Seite zeigen, darf nicht auffallen, nicht zu eigenständig oder schräg wirken, muss unparteiisch und immer gut gelaunt sein, folgsam, aber nicht unterwürfig sein, aufmerksam, aber nicht aufdringlich, und sich jeder Situation anpassen. Diese Tour de force – sprich: die richtige Distanz und den richtigen Platz zu finden, ohne die Sprache als wichtigstes Werkzeug – gelingt einem nur, wenn man jede Sekunde wachsam und extrem geistesgegenwärtig ist. Man muss einfallsreich und raffiniert sein. Man muss abschätzen können, was man sagt, und was man glaubt, gesagt zu haben, und auch was man denkt, verstanden zu haben; man muss die Art einschätzen können, wie die Wörter sich in einem einprägen, diese fremden Wörter, die oft nur einen Klang haben, ohne dass sie einen Sinn ergeben würden, einem aber trotzdem unter die Haut gehen; man muss wach und bewusst bleiben; akzeptieren, dass man lernt, ohne zu begreifen; handeln, ohne zu wissen, worum es geht; sich angstfrei etwas einflößen lassen; darf keine Angst davor haben, sein Gehirn umzustrukturieren; muss empfänglich sein, aber nicht durchlässig; dafür sorgen, dass man nicht auffällt, ohne sich selbst zu vergessen; dicht an den Wänden entlangschleichen, ohne sich zu verlieren; hier und dort zugleich sein; man muss mehr deuten können als verstehen; den Eindruck vermitteln, als sei man einverstanden und allem, was geschieht, gewachsen. Ich muss einen sechsten Sinn haben, permanent doppelt da sein, nach kleinsten Anzeichen, jedem minimalen Anhaltspunkt Ausschau halten.

Was die Sache jedoch kompliziert macht, ist der Umstand, dass man als Au-pair-Mädchen in keinem einfachen Arbeitsverhältnis steht. Man erwartet von der jungen Frau eine Dienstleistung, aber auch eine besondere Präsenz, eine Art und Weise, präsent zu sein, eine Bindung aufzubauen, man erwartet von ihr, dass sie ihre Zeit gibt, ihre Geduld, ihre Energie, wie es eine ewig wohlwollende große Schwester es täte. Man erwartet von ihr, dass sie den Hauch Exotik beisteuert, der den Unterschied ausmacht, dessentwegen man sie ausgewählt hat, damit sich die Familie durch ihre »so besondere« Präsenz, durch ihre unnachahmliche französische Art, von der sie selbst offenkundig nichts weiß, aufwertet. Im Gegenzug gibt man ihr Worte, Sätze, Satzmelodien, grammatikalisch richtige Satzbauten, Lektionen in Sachen deutsche Kultur, Geschichte, Geographie und manchmal auch Kunst. Eine Präsenz gegen eine Sprache, Aufmerksamkeit gegen Kost und Logis. Essen, schlafen, sprechen. Man gibt dem Au-pair-Mädchen auch menschliche Wärme, menschliche Materie, Unmengen von Verwicklungen sowie Konflikte, Unbesagtes, Benzindämpfe und Unterwäsche zum Zusammenlegen, man gibt ihm Rätsel, die es zu lösen gilt, Schreie und Tränen, Gelächter und zuschlagende Türen, Badewannen, aus denen es das Wasser ablassen soll, Kinder, die im Wald verschwinden. Man will ein Mädchen, das fröhlich ist, energisch, tüchtig, großmütig und einfallsreich. Man will ein Mädchen, das frischen Wind in die Familie bringt, ein Element, das neue Substanz verleiht, man will jemanden, der die Fenster aufmacht, die abgestandene Luft vertreibt, schlechte Gewohnheiten aufspürt und eine neue Art des Zusammenlebens erfindet. Man braucht das Mädchen weniger zum Bügeln als vielmehr für eine allgemeine Wiederinstandsetzung. Man will eine Fee, ein strahlendes junges Mädchen voller Lebensfreude. Aber die junge Frau selbst – wer interessiert sich dafür, wer sie ist? Man verlangt nicht von ihr, dass sie ein Eigenleben hat, eine Vergangenheit, nicht einmal ein Gemüt. Am allerwenigsten will man die Details ihrer Geschichte kennen, man weiß nur, dass sie Deutsch lernen will, und ist froh, dass sie bei einem selbst gelandet ist und nicht bei einem der Nachbarn; man findet, dass sie komische Musik hört, man erkundigt sich einmal nach dem Beruf ihrer Eltern, worauf sie antwortet, ihr Vater verkaufe japanische Autos, was eine gewisse Zeitlang gestimmt hat, und ihre Mutter sei Französischlehrerin, was schlichtweg falsch ist. Ich löse mich auf in der Identität eines Mädchens, das vollkommen anders ist als ich, ich bastle mir nach und nach eine neue Persönlichkeit zusammen, in die ich ganz sachte hineingleite. Es tut mir gut, mir eine

Identität zuzulegen, andere Eltern zu erfinden, eine Mutter zu haben, die Französisch unterrichtet und einen kleinen Bruder, der wieder am Leben ist.

Ich liebe die Art, wie Thomas Mann vom Vergehen der Zeit spricht, ich habe schon fast hundert Seiten gelesen, doch im Leben von Hans Castorp ist nur ein einziger Tag vergangen, in einem ganz besonderen Rhythmus, denn im Sanatorium geschieht so gut wie nichts, und jede Kleinigkeit ist ein Ereignis, das die auf ihr eigenes Ende wartenden Menschen zutiefst bewegt. Es gibt nichts außer dem Warten, den vielen Mahlzeiten, den mondänen Unterhaltungen, den obligatorischen Ruhestunden auf dem Balkon, den ärztlichen Visiten und der Angst vor der Diagnose. Das Messen der Temperatur ist ein Abenteuer, da das Leben des Patienten davon abhängt. Ich bin fasziniert von der Art, wie Thomas Mann über die Krankheit spricht, wie sie unsichtbare Furchen gräbt, wie der Tod kommt, ohne dass er ihn jemals als Drama empfindet. Ich verstehe nicht, wieso ich mich so sehr an dieses Buch klammere, es gibt kaum Handlung, keine unerwarteten Wendungen; es ist nur ein langes, quälendes Atemholen, das mich in seinen Bann zieht und somit ständig in der Schwebe hält.

Früh am Morgen brechen wir zur Reise nach Dänemark auf. Am Vorabend haben wir in der Küche Brote belegt und eingepackt. Thomas und Nina sind fertig, Herr Bergen kümmert sich um das Frühstück, schlurft in seinen Pantoffeln von einem Zimmer ins andere, eine Zigarette zwischen den Lippen. Frau Bergen ist noch nicht heruntergekommen, sie wartet vermutlich bis zum letzten Moment. Der Morgen hat eine ungewöhnliche Beschaffenheit. Eine fast bedrohliche Ruhe. Als würde man die Luft anhalten. Als Herr Bergen mir im VW-Bus den Beifahrersitz anbietet, begreife ich, dass Frau Bergen nicht mitkommen wird. Aber ich wage nicht, nach ihr zu fragen. Alle tun so, als ob nichts wäre. Wieder einmal werfe ich mir vor, dass mir ein wichtiges Detail offenbar entgangen ist. Wir fahren in den menschenleeren Morgen, nehmen die Straße nach Norden, dieselbe, auf der wir auch an die Grenze gefahren sind. Die Kinder dösen auf der Rückbank vor sich hin, und ich fühle mich neben Herrn Bergen nicht sehr wohl, in diesem Schweigen, das uns trennt oder vielmehr verbindet. Die Straße ist lang und die Landschaft von einer unglaublichen Monotonie; abwechselnd Wälder, Wiesen und Felder, gerade erst dem Winter entronnen. Danach fahren wir am Meer entlang und an grauen Sandstränden vorbei, dann tauchen wir in den Verkehr eines Fischereihafens ein, mit schmalen Kais, auf denen dick eingemummte Spaziergänger unterwegs sind. Ein heftiger Wind schlägt uns ins Gesicht, als wir aus dem Wagen steigen, und ich beneide Frau Bergen darum, zu Hause geblieben zu sein. Mir fehlt die Energie, Touristin zu spielen, die Umgebung zu erkunden, mich von den Gerüchen, dem Licht, den kontrastreichen Farbtönen des Meers überraschen zu lassen, ich habe keine Lust, über die Hafenmole zu spazieren und das Geschrei der Möwen zu hören, das in allen Ländern dasselbe schrille Gekrächze ist, zu Fuß die paar Stufen des Leuchtturms hinaufzugehen, um zusammen mit den Kindern für ein Foto zu posieren, die Gesichter fast unter den Mützen verborgen. Mir ist nicht nach einem Lächeln, aber trotzdem lächle ich tapfer, drücke Thomas und Nina an mich, und wir drei stehen kerzengerade da und kneifen die Augen zusammen, weil uns der Wind ins Gesicht bläst, und warten, bis Herr Bergen sein Objektiv richtig eingestellt hat. Ich habe keine Lust zu atmen, lasse mir aber dennoch von der kalten Luft die Lungen füllen, lasse mich von dem eisigen Wind durchdringen, der aus Dänemark herüberweht, diesem Land, in dem wir heute noch anlegen werden. Nina gibt mir die Hand und lässt mich nicht mehr los, als wäre ich ihr Fixpunkt. Sie schaut mich an, sucht nach mir, wartet auf mich, fragt bei jedem Schritt nach meiner Meinung. Nina tut immer von allem ein bisschen zu viel. Ich spüre, dass sich dieser Tag in mein Gedächtnis einprägen wird. Ich muss ihn notgedrungen durchleben, ich muss schon wieder tun, was man von mir erwartet, auf das Schiff gehen, mich bei Herrn Bergen für den

Fahrschein bedanken, das stürmische Meer ertragen, von dem mir kotzübel wird, in der Kälte des Oberdecks bleiben, ich muss sagen, wie schön und erstaunlich es hier ist, ich muss Begeisterung heucheln, so tun, als wäre ich überwältigt vom Anblick der Küste Dänemarks, als diese unvermittelt vor uns auftaucht; ich muss auch reden, unvermeidliche Vergleiche anstellen, von früheren Schiffsreisen erzählen (weil ich sonst wieder stumm geblieben wäre), eine Überfahrt nach Korsika erfinden, die nie stattgefunden hat, bei einem unglaublichen Sturm, Delphine, die neben dem Schiff herschwammen, ich muss meine Phantasie anstrengen, die Wirklichkeit neu gestalten, sie den Umständen anpassen, sie in die Fächer pressen, die mir zur Verfügung stehen, einfach nur, um zu existieren, um eine gewisse, wenn auch winzige Tiefe zu haben. Ich kann beispielsweise nicht sagen, dass ich Schiffe und Fähren hasse, weil mir darauf schlecht wird (was stimmt), dass ich an diesem Sonntag lieber länger im Bett geblieben wäre, mich in meinem Kellerkabuff verschanzt hätte, um die Benzindämpfe einzuatmen, während ich Musik höre und zum x-ten Mal Simons Briefe lese. Ich darf nicht aussprechen, dass Herr Bergen offenbar übermäßig große Anstrengungen macht, um seine Kinder zu unterhalten, während sich seine antriebslose Frau lieber in ihrem Haus verbarrikadiert. Ich kann nicht reden, aber das habe ich verstanden, und folglich werde ich gegen meinen Willen zu Herrn Bergens Verbündeter; etwas sagt mir, dass ich ihm das Leben nicht schwerer machen darf, als es ist, und seine Ohnmacht nicht noch verstärken, da er nichts unversucht lässt, um uns einen Zeitvertreib zu bieten, um diesen düsteren Tag zu einem kleinen Höhepunkt zu machen, der seinen Kindern und auch ihm selbst in Erinnerung bleiben wird, der sich als Meilenstein in ihrem Gedächtnis einprägen wird und dessen Leuchtkraft sie an glückliche Stunden erinnern wird. Ich merke, dass auch sie diese Überfahrt zum ersten Mal machen, ein immer wieder hinausgeschobenes Unternehmen wird endlich wahr, und das ist vermutlich ein kleiner Sieg für Herrn Bergen, der weiß, dass er sich später daran erinnern wird, ebenso wie Nina und Thomas, dass an dem Tag, als sie damals auf dem Schiff nach Dänemark gefahren sind, ihr Au-pair-Mädchen dabei war. Sie werden die Fotos anschauen und nicht mehr recht wissen, ob Frau Bergen auch dabei war oder nicht. Als wir in Dänemark an Land gehen, sind wir guter Dinge, auch ich, als wären wir stolz darauf, dem stürmischen Wellengang getrotzt zu haben. Thomas und Nina laufen davon, wie zwei Jungtiere, die Auslauf brauchen. Herr Bergen weiß offenbar nicht, wie es weitergehen soll. Er nimmt seine Tasche, seinen Hut, versucht in einer windgeschützten Ecke eine Zigarette anzuzünden, und zum ersten Mal hält er mir sein Päckchen hin, eine überraschende Geste; eine Geste, die vermutlich alle Eltern schockieren würde, ich aber als Zeichen der Anerkennung empfinde, auf das ich vielleicht gewartet habe; es bedarf keiner Worte und keines Vokabulars, um zu begreifen, worum es in diesem Augenblick geht, als er mich mit dieser eindeutigen, komplizenhaften Geste auffordert, mit ihm zusammen eine Zigarette zu rauchen. Herr Bergen nimmt mich in die Welt der Erwachsenen auf, wie ich vage spüre. Unsere Blicke treffen sich nur selten, und wir wechseln nur kurze Sätze. Aber dass etwas passiert, ist unverkennbar. Eine Schwelle wurde überschritten, aber ich weiß noch nicht, in welche Richtung es geht.

Wir gehen am Strand entlang, Nina sammelt Muscheln für ihre Mutter, sie hüpft von einem Ponton zum nächsten, beugt sich bis ganz dicht übers Wasser und lässt keine gefährliche Situation aus. Man muss hinter ihr herlaufen, sie ständig ermahnen, ihr bald befehlen, bei uns zu bleiben. Thomas fängt an zu trödeln, er scheint nicht begeistert über den Ausflug nach Dänemark zu sein. Er verschwindet unter seiner großen Kapuze, entzieht sich auf diese Weise der Welt, tut alles, um sich unerreichbar zu machen. Herr Bergen geht voraus, den Kopf gegen den Wind gesenkt, ohne etwas über die Landschaft zu sagen. Ich weiß nicht, wie lange wir noch weitergehen wollen, ich marschiere einfach am Strand entlang, ich habe Hunger. Wir setzen uns in einiger Entfernung vom Ufer in den Schutz eines Tannenwäldchens und packen die mitgebrachten belegten Brote aus. Nina hat wie so oft einen Bärenhunger. Seit dem Morgen hat sie wieder diesen Blick, der mir nicht gefällt: leer und weit weg, den Blick eines bekümmerten, verunsicherten Kindes. Ich frage mich, was wir hier täten, wenn Nina plötzlich verschwinden würde. Aber Nina hat nicht die Absicht zu verschwinden, sie schmiegt sich an mich und fragt, ob sie das süße Stückchen, das ich angebissen habe, aufessen kann. Thomas erkundigt sich, um wie viel Uhr unser Schiff zurückgeht. Herr Bergen verdreht die Augen und antwortet, dass er diesen Ausflug extra für sie geplant habe, ja, genau, ihretwegen seien wir in Dänemark, nur für sie habe er sich die ganze Mühe gemacht. Und nach einer Weile fügt er hinzu: »Auch für Laura, natürlich.« Wir gehen weiter, an dem Nadelwald vorbei, der hell und duftend da steht, und mit einem Mal freue ich mich, hier zu sein, ich habe keine Ahnung, wo das plötzlich herkommt, warum ich mich, mit vollem Bauch und Herrn Bergens Worten im Ohr, auf einmal so lebendig fühle. Ja, ich glaube, das ist es: Ich fühle mich lebendig, als ich nun mit kleinen Schritten über diesen sandigen Weg gehe, der unter meinen Füßen nachgibt; die Sonne schiebt sich hinter ein paar Wolken, aber sie ist ganz nah, und ich spüre das Blut durch meine Adern pulsieren. Und einen Moment lang sage ich mir, dass alles gut ist, hier, am anderen Ende der Welt, auf dieser dänischen Halbinsel, zwischen Himmel und Meer, ich muss mich nur vom Leben der anderen tragen lassen, mich dorthin mitnehmen lassen, wohin sie gehen wollen, endlich kann ich mich ausruhen, Ninas Hand in meiner, ich muss nur einen Fuß vor den anderen setzen, es ist ganz einfach, und die Boote anschauen, die über das Wasser gleiten, mich vom Spiel der Lichtreflexe auf der Wasseroberfläche einfangen lassen. Ich muss nur da sein, mich meiner deutschen Familie überlassen, muss nur mitmachen, mich führen lassen; ja, mich mitnehmen lassen, als wäre ich wieder ein kleines Mädchen, ein Kind, das man auf den Arm nimmt, von einem Ort zum anderen trägt, das man füttert, ankleidet, mit dem man spielt und dem man kleine Geschenke macht. Ich werde wieder zum Kind, zur selben Zeit, wie ich die Welt der Erwachsenen betrete. Das ist sonderbar und unvereinbar, aber in dieser fast magischen Dimension, an diesem endlosen Meer, losgelöst von der Vergangenheit und von der Zukunft, bin ich plötzlich mit mir und der Welt im Reinen.

Als wir am späten Nachmittag wieder zum Hafen kommen, nachdem wir über Heideland und an Sümpfen vorbeigegangen sind und alle möglichen Vögel beobachtet haben, sind wir so müde, dass wir nur noch den Wunsch haben, aufs Schiff zu gehen und schlafen zu können. Aber der Wind ist zu stark, es fährt kein Schiff mehr nach Deutschland. Wir sitzen also auf dieser Halbinsel fest, und dieser unvorhergesehene Zwischenfall scheint Herrn Bergen in eine Art Panik zu versetzen. Mehrere Male fragt er beim Informationsschalter nach, für welche Uhrzeit die Abfahrt am nächsten Morgen geplant sei, doch wenn ich richtig verstanden habe, muss sich zuerst das Meer beruhigt haben. Herr Bergen steht mit hängenden Schultern in der Halle, zündet sich eine Zigarette an, dann eine zweite, ohne mir diesmal eine anzubieten, dreht sich um sich selbst, geht zum Ausgang, kommt wieder zu uns, atmet tief durch und sagt, er müsse telefonieren. Er geht zu den Telefonkabinen neben dem Ausgang, und wir warten, die Kinder und ich, was als Nächstes passiert. Aber es passiert nichts. Herr Bergen kommt mit abwesendem Blick zu uns zurück, und wir setzen uns auf die Plastikstühle an der Wand. Nina fragt, ob er mit Mama gesprochen habe, was Herr Bergen bejaht, natürlich habe er Mama Bescheid gesagt, die das Ganze eher lustig fände und uns eine gute Nacht wünsche. Thomas stellt Fragen, er hasst die Vorstellung, auf dieser Halbinsel gefangen zu sein. Nina scheint die Situation nichts auszumachen, und sie kuschelt sich noch enger an mich. Thomas gibt seinem Vater die Schuld, der sich aber nicht einmal die Mühe macht, die Vorwürfe zurückzuweisen. Ich verstehe nicht alles, aber der heftige Tonfall verrät mir, dass es Vorwürfe sind. Thomas, fast fünfzehn Jahre alt, hat sich vor seinem Vater aufgebaut, der zusammengesunken auf seinem Plastikstuhl sitzt, und nutzt anscheinend die Gelegenheit für eine Abrechnung. Ich weiß nicht, worum es wirklich geht, aber ich spüre, dass Herr Bergen kurz davor steht, die Geduld zu verlieren, er fängt an zu zittern, vor allem seine Unterlippe, und ich fürchte, dass diese Anspannung nichts Gutes verheißt. Ich bleibe ruhig und distanziert, als ich ungewollt Zeugin dieses Wortwechsels werde, der mich sprachlich überfordert, und dabei würde ich Herrn Bergen gern beistehen, denn er trägt nun wirklich keine Schuld an unserer misslichen Lage. Thomas steigert sich noch mehr hinein, er steht weiterhin vor seinem Vater, reizt ihn wie eine bösartige Wespe und wirft ihm noch mehr Worte an den Kopf, die ohne Antwort bleiben. Und Thomas lässt immer noch nicht locker, er sucht die Konfrontation, und bevor ich mitbekomme, was los ist, springt Herr Bergen in seiner etwas schlaffen Massigkeit auf und gibt Thomas eine schallende Ohrfeige, eine Ohrfeige, die alle in dieser Halle überrascht, die wie wir bekümmert über die abgesagte Überfahrt sind, Nina, die sich an mich schmiegt, Thomas und Herr Bergen selbst, der hin und her schwankt und nicht weiß, ob er stehen bleiben oder sich wieder setzen soll. Ob er etwas sagen oder schweigen, bleiben oder gehen soll. Thomas reagiert als Erster, er rennt durch die Halle zur Tür, rcißt sic mit einem Ruck auf und verschwindet im zu Ende gehenden Tag. Erst da kommt wieder Leben in

Herrn Bergen, der seinem Sohn nachläuft, während Nina und ich beklommen zurückbleiben.

Danach essen wir im Restaurant panierten Fisch mit Kartoffeln und sitzen alle vier neben dem wärmenden Kaminfeuer an einen Holztisch. Alle Gespräche im Raum drehen sich nur um das aufgewühlte Meer, die unsichere Wettervorhersage, die Fischerboote, die nicht auslaufen können, die privaten Fährschiffe. Überall sind es dieselben Begriffe, die ich schließlich wiedererkenne, Wörter, die ich in der Schule nie gelernt habe, bei denen es um die Gewalt der Naturelemente geht, um Unsicherheit und Angst vor dem nächsten Tag. Aber auch um Aufregung darüber, dass man sich in dieser unvorhergesehenen Lage befindet. Alle reden, tauschen sich aus, auch mit den Leuten vom Nachbartisch, und je mehr das Bier ihre Zungen lockert, desto lauter werden sie, man hört sogar das eine oder andere Lachen und freudige Ausrufe. Die Kinder wechseln die Tische und setzen sich zu anderen Kindern, deren Eltern Kartenspiele organisieren, der Gastwirt legt im Kamin Holz nach, und die Nacht schreitet fort, noch unbekannt und voller Wärme, die Nacht, die von wer weiß wo hereinbricht, wie eine Zugabe an Menschlichkeit, ein kleines Geschenk des Schicksals. Mir wird klar, dass das Restaurant bis zum nächsten Morgen geöffnet bleiben wird, vermutlich ist das in solchen Fällen üblich. Eine Frau bringt Decken. Einige Leute schlafen schließlich ein, den Kopf auf den Tisch gebettet, die Kinder legen sich auf die Bänke, und die Kartenspieler gehen zu stärkeren Getränken über. Nina legt ihren Kopf an meine Schulter und schläft ein. Thomas bleibt mit ausgestreckten Beinen und starrem Blick zum Fenster sitzen, Herr Bergen zögert. Schließlich nimmt er seine Tochter in die Arme, macht es sich in einem Stuhl am Feuer bequem und verzichtet darauf, selbst zu schlafen. Nun bin ich also bis zum Morgen allein, auf einer Seite die Bergens, auf der anderen ich, im Taumel dieser stürmischen Nacht, so weit weg von zu Hause, und ich denke an Simon, über tausend Kilometer von mir entfernt, in seiner ganzen Einsamkeit. Ich denke an den Brief, den ich ihm schreiben werde und den ich im Geiste bereits formuliere: Ich bilde Sätze, möchte kein Detail dieses Tages vergessen. Ich rufe mir noch einmal die Eindrücke und Empfindungen ins Gedächtnis, die neu für mich sind und teilweise widersprüchlich, das plötzliche Gefühl der Gelassenheit, mein Staunen darüber, wie lebendig ich mich gefühlt habe, obwohl ich nun vor Müdigkeit an meinen Stuhl gefesselt bin und allmählich einschlafe, in der Stille dieses kleinen Restaurants, das dem Heulen des Sturms trotzt.

Die Nacht nach unserer Rückfahrt mit dem Schiff ist für mich der Beginn einer neuen Phase. Zum ersten Mal träume ich auf Deutsch. Als ich am Morgen aufwache, bin ich voller Wortketten und Klänge und habe das Gefühl, dass ich nicht mehr auf dieselbe Weise denke. In meinem Traum habe ich ausgezeichnet und fehlerlos geredet, ich erinnere mich noch an Sätze, die ich fähig war zu bilden: treffend und virtuos, als wäre mir für die Dauer einer Nacht ein sechster Sinn verliehen worden, ein extrem klarer Verstand, der mein Gehirn zur Höchstform auflaufen ließ. Ich konnte Unterhaltungen führen, die weder verkrampft noch zögerlich waren, sondern leicht, getragen von einer bisher nie gekannten Präsenz – meiner Präsenz –, als besäße ich plötzlich ein ewiges Gedächtnis, ein intuitives Wissen, das durch meine Adern floss, und ich verspürte auch Freude, die Freude derer, die etwas besitzen und sich an ihrer Macht ergötzen. Alles war einfach, leicht, eindeutig, und die Sprache wie eine Süßigkeit, ein Bonbon, das einem mit einem kräftigen, belebenden Geschmack auf der Zunge schmilzt. Beim Sprechen schwelgte ich in jeder Silbe, und das Verwirrendste war, dass ich im Traum wusste, dass ich absolut fehlerfrei sprach, meine Sätze korrekt waren, die Wendungen einwandfrei, die Überleitungen perfekt. Und gleichzeitig war mir bewusst, dass meine Sprachkenntnisse es mir nach den Gesetzen der Logik niemals ermöglicht hätten, so zu sprechen, und das beunruhigte mich. Ich habe mich auch gefragt, wie ich so plötzlich zu dieser Fähigkeit gekommen war: ein Geheimnis, das ich ergründen muss und zu dem ich noch keinen Schlüssel gefunden habe. Beim Aufstehen bin ich in einem merkwürdigen Schwebezustand, versuche beim Anziehen meinen Traum zu verlängern, denke an Nina, die wahrscheinlich schon in der Küche ist, und weiß, dass die Worte in dem Moment, da ich über die Schwelle meiner Zimmertür trete und die Treppe hochsteige, sachte versickern werden und meine erstaunliche Fähigkeit verschwinden wird. Ich weiß, dass ich wieder über die Realität stolpern und müde und erschöpft sein werde, bis ich vor Anstrengung Kopfschmerzen bekomme. Noch halb verschlafen lasse ich mich auf einen Küchenstuhl sinken und frage Nina, die im Schlafanzug dasteht, ob es hier auch einen Frühling gibt. Sie blickt mich kaum an, setzt ihre Puppe auf den Tisch, seufzt als Antwort und legt ihren Kopf auf die Unterarme, weil allein schon die Vorstellung, gleich zur Schule gehen zu müssen, sie müde macht. In meinem Traum war Frühling, es war mild und warm, das Licht war klarer, und draußen war alles in Bewegung.

Thomas Mann überrascht mich mit seinem Humor. Seine Romanfiguren schlagen niemals einen klagenden Ton an; obwohl der Tod durch sämtliche Stockwerke des Sanatoriums geistert, beschreibt Mann mit distanziertem Gleichmut, wie enttäuscht Hans Castorp ist, als er feststellt, dass ihm seine Zigarre nicht mehr wie früher schmeckt. Er macht sich über die, wie er sie nennt, Menschen vom »Verein Halbe Lunge« lustig, die man an ihrem pfeifenden Atem erkennt, als handle es sich um Kriegsversehrte. Und manchmal nimmt sein Roman fast burleske Züge an, obwohl das Drama kein Ende nimmt. Aber das Lesen fällt mir schwer, ich verstehe nicht alle Sätze und muss ständig im Wörterbuch nachschlagen. Also reime ich mir zusammen, was ich nicht verstehe, und bahne mir so meinen eigenen kleinen Weg, hin zu den unbekannten Wörtern und füge auf diese Weise die Bruchstücke der Geschichte zusammen, nehme das Schicksal der Personen selbst in die Hand und setze ihre Charakterbilder und ihre Handlungen neu zusammen. Aber im Sanatorium leben die Menschen wie im Exil, sind eines Teils ihrer selbst beraubt. Sie zeigen nur das, was sie zeigen wollen, und alle spielen dieses Spiel der Maskeraden und des falschen Scheins mit. Alle suchen sich, ohne sich je zu finden.

Ich lerne den Großvater der Kinder an dem Tag kennen, an dem wir ihn abholen, um ihn in ein Altersheim zu bringen. Ich finde es seltsam, dass sie mich mitnehmen, und frage mich, ob es dem alten Herrn überhaupt recht ist, dass eine Fremde an diesem für ihn besonderen Tag zugegen ist. Vielleicht bin ich ja nur hier, um diesen fügsamen, höflichen Mann, dessen Augen mir sofort gefallen, abzulenken und auf andere

Gedanken zu bringen. Er ist der Vater von Herrn Bergen, und seine Frau ist vermutlich schon gestorben, denn er lebt allein in dem düsteren Vorort-Mehrfamilienhaus. Der Mann hat einen kleinen Koffer gepackt, und ich kann mir nicht vorstellen, dass man seine Wohnung mit so leichtem Gepäck für immer verlässt. Er spricht wenig, verhält sich ruhig, geht mit übertriebener Langsamkeit von einem Zimmer ins nächste. Er sorgt für die Kinder, holt Gläser und eine Flasche Mineralwasser aus dem noch an seinem Platz stehenden Küchenschrank. Aber das Mineralwasser ist abgestanden, vermutlich ist die Flasche schon seit längerem geöffnet, und die Kinder brüllen, sie hätten keinen Durst. »Wir sind nicht durstig.« Danach brüllt auch Herr Bergen, ob er die paar auf dem Wohnzimmertisch aufeinandergestapelten Kartons jetzt mitnehmen könne. Ich frage mich, warum alte Männer schwerhörig sind, auch meine beiden Großväter hören schlecht, was uns immer daran gehindert hat, uns richtig mit ihnen zu unterhalten. Manche Dinge muss man leise aussprechen, gewisse Sätze leiden darunter, wenn man sie wiederholen muss. Meine Mutter regt sich ständig über ihren Vater auf, der nicht in der Lage ist, auf Anhieb zu verstehen; meine Mutter, die normalerweise geduldig und ausgeglichen ist, verwandelt sich in eine unwirsche und intolerante Frau, sobald es um die Schwerhörigkeit ihres Vaters geht. Es ist unklar, was sie ihm wirklich zum Vorwurf macht: vielleicht, dass er ihr damals, als er noch nicht schwerhörig war, nicht zugehört hat? Dass er seiner Tochter nicht geholfen hat, als sie ihre Arbeit verlor? Dass er sie nicht unterstützte, als sie und mein Vater sich mit dem Wohnungskauf übernahmen, während er uns drei Kindern Geld gab, größere Summen, die wir in den Augen unserer Mutter für irgendwelchen Blödsinn ausgaben. Meine Mutter hat immer gemeint, dass die Schwerhörigkeit ihrem Vater eigentlich ganz gelegen kam, dass er nur hörte, was er hören wollte, dass sie ihm als Vorwand diente, Unangenehmem auszuweichen und in seiner wie durch Watte gedämpften Welt verharren zu können. Meine Mutter ist sich nicht einmal sicher, ob ihr Vater gehört hat, dass Leo gestorben ist, hat sie einmal gesagt, nichts hätte ihr gezeigt, dass die Nachricht bis zu ihm durchgedrungen war. Denn er hat nicht so reagiert, wie sie es erwartet hatte, er hatte nichts zu sagen gewusst, sondern mit der Kippe im Mundwinkel weiter seine Tomaten gegossen und sich erst einige Monate später nach dem Mofa erkundigt. Aber zumindest hat er irgendwann gesagt, er hätte Leo besser kein Geld fürs Benzin geben sollen. Ja, er hätte ihm kein Geld geben sollen, fand auch meine Mutter, er hätte sich um seinen eigenen Kram kümmern sollen, der Alte, wir hatten ihn schließlich nicht darum gebeten, war ihr in einem Moment der Verzweiflung herausgerutscht; so hatte sie noch nie mit ihrem Vater gesprochen, aber sie ist sich auch nicht sicher, ob er es überhaupt verstanden hat, sie hofft, dass er diesmal wirklich taub war.

Frau Bergen fragt mich, ob ich mit dem Großvater und den anderen ins Altersheim fahren möchte oder lieber mit ihr in der Wohnung bleibe und Sachen aussortiere. Ich bin nicht schwerhörig, dennoch bitte ich sie, es zu wiederholen. Sie sagt »bei mir bleiben« mit solchem Nachdruck, dass ich es als Aufforderung deute, auch wenn ich nicht genau weiß, was wir machen werden. Die Kinder fahren mit dem Großvater, der mir lange die Hand drückt, als würde ich zur Familie gehören. Es scheint ihm zu gefallen, dass ich Französin bin, was er erst auf der Türschwelle merkt, er hält einen Moment inne und macht einen kleinen Kommentar. Zu meiner großen Überraschung ist es Französisch, ich verstehe ihn nicht sofort, denn er pfeift die Silben regelrecht, und sein abgehackter Atem lässt ihn keinen flüssigen Satz sagen. Er nimmt meine Hand, gibt mir einen Handkuss und sagt mit einem breiten, germanischen Akzent: »Mes hommages, mademoiselle« – Es ist mir eine Ehre, mein Fräulein, als wäre er ein Herzog und ich eine Prinzessin. Auf der Türschwelle dieser heruntergekommenen Wohnung, die er für immer verlässt, verbeugt er sich vor einer Fremden, einer jungen Ausländerin, die er vermutlich nie mehr wiedersehen wird, und schenkt ihr einen Augenblick echten Gefühls, eine wirkliche Aufmerksamkeit, obwohl die Kinder schon den Aufzug gerufen haben, der quietschend ankommt, während Herr Bergen, von dieser Szene etwas peinlich berührt, neben uns wartet. Der Großvater steht vor mir, mit vorbildlicher Würde, und sieht mich an, wie mich noch niemand hier angesehen hat, er betrachtet mich voller Respekt, aber auch mit einer Art Genuss, als wäre ich eine Erscheinung, die ein vergrabenes Begehren in ihm wachruft. Ich sage nichts, stehe nur reglos unter der Tür, mit geschlossenen Lippen und gesenktem Blick, und bedauere, dass meine Reaktion so erbärmlich ist, meine Unsicherheit so offensichtlich.

Frau Bergen erzählt mir später, als wir die Teller aus dem Büfett nehmen, dass der Großvater während des Krieges in Paris war. Ehrlich gesagt, verstehe ich nicht ganz, was er dort genau gemacht hat, ob er als Besatzer in der Stadt war, als einfacher Soldat oder als Offizier. Ich muss mich mit den Wörtern begnügen, die mir bekannt sind, als Frau Bergen »Paris« und »während des Krieges« sagt, und das genügt schon, damit ich bedauere, dass der Großvater so schnell verschwunden ist. Danach packen wir Sachen in Umzugskartons. Aber nach der Begegnung mit dem Großvater sind die Gegenstände, die ich ausräume und einpacke, nicht mehr ganz neutral. Ich schenke ihnen mehr Aufmerksamkeit, als trügen sie eine Geschichte in sich, die mich irgendwie betrifft. Ich frage Frau Bergen, wann die Großmutter gestorben ist. Es hätte nie eine Großmutter gegeben, meine ich zu verstehen. Es gab wohl eine Frau, die eine Zeitlang hier gewohnt hat, »eine sehr nette Frau«, die aber nicht Herrn Bergens Mutter war. Daraus schließe ich, dass Herr Bergen keine Mutter hat, oder aber sie sehr früh verloren hat. Vielleicht hat er sie auch gar nicht gekannt, oder aber ich habe wieder einmal nichts kapiert.

Unsere Aufgabe ist es, alle Schränke auszuräumen, damit die Möbel abtransportiert werden können. Wir stapeln das Geschirr in die Kartons, die Wäsche, Papiere und ein paar Bücher. Wir versuchen nicht wirklich, die Sachen zu sortieren, sondern wickeln nur die zerbrechlichen Objekte ein und stapeln alles so eng wie möglich zusammen, was weggebracht werden soll. Ich gehe behutsam mit den Gegenständen um, weil ich an den Großvater denke, der gerade erst von hier weggegangen ist, und ich muss auch an meine Großeltern denken, die eines Tages vielleicht auch in ein Altersheim ziehen müssen, dass meine Eltern sie dann begleiten werden und man sie von ihren Sachen trennen wird, dass sie dann nichts mehr brauchen werden. Mechanisch leere ich, was zu leeren ist, räume um, räume auf und sehe wieder dieses Köfferchen vor mir, ein ganzes Leben reduziert auf einen kleinen Koffer, der Verzicht auf fast alles, wenn das Ende naht. Ich staple die Bücher aufeinander, sage mir, dass ich vielleicht einen Roman von Thomas Mann finde, aber ich kenne die Titel und die Autoren nicht, bis ich plötzlich ein dickes Buch in den Händen halte, und ein zweites, die wie eine Bombe in mein Bewusstsein einschlagen, diese zwei Bände *Mein Kampf* von Adolf Hitler. Ich weiß nicht, ob ich sie Frau Bergen zeigen soll oder ob ich sie zur Seite lege und so tue, als wäre nichts. Sie steht vor dem Flurschrank auf einem Schemel, und ich stehe wie versteinert mit diesen beiden belastenden Bänden da. Sie sind zu dick, als dass ich sie in meine Tasche stecken könnte. Ich lege sie in den Karton zu den anderen Büchern und achte darauf, dass sie möglichst weit oben liegen, und dann, nachdem ich den Karton zugemacht habe, hinterlasse ich mit Bleistift ein kleines Zeichen darauf und denke für den Rest des Tages an nichts anderes mehr.

Ich würde meiner Mutter gern von meiner Entdeckung erzählen, als sie am nächsten Tag anruft, aber vermutlich ist ihr der Zweite Weltkrieg ziemlich egal, denn sie war noch zu klein, um sich an jene Jahre zu erinnern. Ich würde ihr gerne erzählen, wie aufregend ich es finde, befürchte aber, dass sie das Ereignis wie üblich bagatellisiert oder womöglich sogar denkt, ich hätte die ganze Geschichte nur erfunden, um mich interessant zu machen. Ehrlich gesagt, habe ich auch Angst, den Titel laut auszusprechen, ich schäme mich, »Mein Kampf« zu sagen und womöglich gehört zu werden. Ich weiß nicht, was dieses

Buch fast vierzig Jahre nach Kriegsende für die Deutschen bedeutet. Ist es frei verkäuflich, als Beweis für den Wahnsinn dieses Mannes? Ist es in den meisten Haushalten zu finden, die diese Epoche durchlebt haben? Gilt es als eines der letzten Tabus oder im Gegenteil als Werk, das die jungen Generationen wieder lesen sollen? Ich frage mich auch, ob es bedeutet, dass jemand Nazi war, wenn er noch heute *Mein Kampf* im Regal stehen hat. Ich nehme mir vor, Thomas danach zu fragen, und warte nur auf den richtigen Augenblick. Ich sage ihm allerdings nicht, dass ich das Buch bei seinem Großvater gefunden habe, ich frage ihn nur, ob er es selbst gelesen hat. Thomas antwortet nein, er hätte es nicht gelesen, es würde ihn auch nicht interessieren und außerdem dürfe das Buch gar nicht mehr verkauft werden. Heimlich gehe ich die beiden Bände holen, die unten in der Garage auf ihre letzte Bestimmung warten. Ich wickle sie in ein Kleidungsstück ein und lege sie in meinem Zimmer zuunterst in den Schrank. Aus Angst, jemand könnte sie dort finden, verstecke ich sie dann aber in meinem Koffer, so, als täte ich etwas Verbotenes, als würde ich allein durch den Besitz dieser Bücher ein Verbrechen begehen.

Ich schäle Kartoffeln mit Frau Bergen, und wir amüsieren uns darüber, wie Naphta die Schalen, die wir ihm zuwerfen, in sein Körbchen trägt. Was ich an den

Bergens mag, ist ihre Art, sich über eine Kleinigkeit zu freuen, sich mit dem, was kommt, zufriedenzugeben, ohne das Schicksal herausfordern zu wollen. Ich mag es, wie sie im Heute leben, ohne an das Morgen zu denken. Und ganz allmählich entspanne ich mich, ich stürze mich nicht mehr wie in den ersten Wochen auf die schmutzige Wäsche, die sich im Wäschekorb ansammelt, auf die Bügelwäsche, die auf mich wartet, auf die Sachen und Kleidungsstücke, oder auf die Sachen, die im Bad und in den Kinderzimmern herumliegen. Ich gewöhne mir einen neuen Rhythmus an, eine neue Beziehung zum Haushalt, verfalle nicht mehr ständig in den blinden Aktionismus, mit dem ich vor mir selbst geflohen bin, sehe die Arbeit nicht mehr als einzigen Wertmaßstab, nein, es kommt sogar vor, dass ich von einem Stockwerk ins andere schlendere, ohne unbedingt die Betten machen zu müssen, dass ich fernsehe und dabei die Füße auf den Couchtisch lege oder die Kaffeetasse nicht mehr gleich wegräume, sobald ich sie ausgetrunken habe. Es kommt vor, dass ich gar nichts mache, zusammen mit Frau Bergen, die ebenfalls nichts macht, und ich nicht weiß, ob sie arbeiten gehen muss oder nicht, doch ich hoffe nicht mehr, dass sie bald das Haus verlässt. Ich lasse mich von einer manchmal belastenden, trägen Gleichgültigkeit erfassen und versuche nicht mehr, dagegen anzukämpfen. Anfangs hat mich Frau Bergen oft ermahnt, das Tempo ein bisschen zu drosseln, mich hinzusetzen und zu beobachten, wie es vor dem Fenster schneit, einfach so, während ich innerlich verzehrt wurde von der Angst vor der Leere, vom Dämon der Zeit, die nicht vergehen will, vor der Tatsache, dass Leo nicht mehr da ist – ja, vielleicht war es vor allem das, was ich ausfüllen musste, diese Leere tief in meinem Inneren, die mich manchmal in sich aufsaugte, oder eher ein Loch war, das alles andere verdrängte. In solchen Fällen goss ich die Pflanzen, sammelte die Hundehaare vom Teppichboden, wischte die Zahnpastaspuren im Waschbecken weg, scheuerte die Bratpfannen. Aber ich begriff bald, dass es kein Mensch von mir erwartete. Mein Eifer und meine Dienstfertigkeit waren in dieser ungewöhnlichen Familie nicht gefragt. Ich wollte mustergültig, perfekt und immer verfügbar sein, stets bereit zu arbeiten, mich nützlich zu machen, trotz des Gefühls, dass ich mich immer mehr von mir selbst entfernte. Lieber schrubbte ich den Herd oder ging mit dem Hund spazieren, als mich meiner inneren Leere zu stellen. Ehrlich gesagt, weiß ich nicht, was mir lieber war: mir näher zu kommen und dabei zu riskieren, mich wirklich zu finden, meiner Einsamkeit ins Gesicht zu blicken, oder lieber eine Kopie meiner Selbst zu sein, ein braver Soldat, der nur auf Befehle wartet, unterwürfig und wachsam ist, jemand, den man benutzt, den man aussaugt und dann vergisst.

Die Stadt ist weit weg, mein Vorhaben, Thomas Mann zu lesen und zu verstehen, versandet, obwohl ich im Leben dieses Schriftstellers eine Kraft erahne, die mir Sicherheit gibt und die mich aufrecht hält. Ich würde gern begreifen, wie er zu dem Entschluss kam, nicht mehr in seinem Heimatland leben zu wollen, und das Exil vorzog, vor allem auch, wieso er nach dem Krieg nicht mehr nach Deutschland zurückkehren wollte, obwohl damals sogar die Rede davon war, ihn für das Bundespräsidentenamt vorzuschlagen. Ich frage mich, wie man für immer fern seines Heimatlandes, immer als Fremder im Ausland leben kann. Es ist ja keine Kleinigkeit, wenn man seine Nationalität einfach so abstreift, nie mehr nach Hause zurückkehrt. Ich traue mich nicht, die Bergens zu fragen, ob ich öfter in die Stadtbücherei gehen kann. Abends in meinem Zimmer höre ich am liebsten die Kassetten, die Simon mir geschickt hat, um auf diese Weise für eine Weile der deutschen Sprache zu entfliehen, die ich als sehr anstrengend empfinde, und mir fehlt die nötige Disziplin, um mein Vorhaben zu Ende zu führen, ich kann mich der Art nicht entziehen, wie mich die gesamte Familie auffrisst, der störenden Anwesenheit von Frau Bergen, deren Unstetigkeit und Apathie ich nicht verstehe, bis hin zur leichten Verrücktheit Ninas, deren plötzliche Launen und rätselhafte Heftigkeit mich immer wieder überraschen; ich fühle mich ohnmächtig angesichts Herrn Bergens Unbeholfenheit, seines

Bestrebens, es allen recht machen zu wollen, seines fehlenden Fingerspitzengefühls und der Verlorenheit, die aus seinen Blicken sickert. Ich lasse mich verschlingen von der paradoxen Macht der Bergens; ihre Energielosigkeit, ihre mangelnde Disziplin absorbiert und lähmt mich. All das schwächt mich, und das passt eigentlich gar nicht zu mir, ich lasse mich von den anderen überwältigen, von ihrer dickhäutigen Existenz, ihrer alles durchdringenden Verschwommenheit, dieser schlaffen Erschöpfung. Ich weiß nicht, wer diese Familie wirklich ist, was von mir erwartet wird, oder besser gesagt: Ich bekomme allmählich eine vage Vorstellung davon. Ich versuche herauszufinden, warum meine Anwesenheit notwendig ist. Ein paar Anhaltspunkte habe ich. Aber ich hoffe, dass ich mich täusche.

Der Einzige, den ich als verlässlich empfinde, ist Thomas, er ist lebhaft, fleißig, taktvoll und intelligent, ein Junge mit einem erstaunlich festen Charakter, der sich aus dem Staub macht, wenn es ihm zu viel wird, und die Flucht ergreift. Überlebensinstinkt, das hat er. Zum Glück ist Thomas da. Er ist als Einziger immer in Bewegung, scheint ein Ziel zu haben, weist Nina zurecht, wenn sie allzu unerträglich wird. Thomas ist mein Vorbild, auch wenn er jünger ist, er stürmt durch das Haus, lässt sein Mofa anspringen und gibt Gas. Thomas lernt Gitarre spielen, und aus dem

Wohnzimmer höre ich manchmal Akkorde, die ihm Probleme machen, die aufeinanderfolgenden Noten, den Auftakt zu einem Lied, ich höre seine Hartnäckigkeit. Thomas ist nicht besonders redselig, aber er ist der Einzige, den ich verstehe, der Einzige, der spricht, ohne zu vergessen, dass ich auch da bin. Er hat, glaube ich, als Einziger meine missliche Lage erkannt, er weiß, wie schwer es mir fällt, mich einzugewöhnen. Mit einem Blick kann er mich zum Lächeln bringen, unabsichtlich lenkt er meine Aufmerksamkeit auf sich und lässt mich ein bisschen von seiner Welt erahnen. Als er erfuhr, dass ich auch Gitarre spiele, lud er mich zu sich ins Zimmer ein, und das war eine große Ehre. Ich durfte mich sogar auf sein Bett setzen und habe ihm Lieder vorgespielt, die er kannte, wir haben es genossen, zusammen Melodien zu summen oder Wörter zu trällern, die wir vor langer Zeit mal gelernt hatten; wir haben auf Englisch gesungen und gelacht, weil unsere Stimmen hin und wieder entgleisten, unsere Aussprache nicht immer korrekt war. Seit diesem Tag gehe ich oft in Thomas' Zimmer, wenn ich ein bisschen Zeit habe, und dann sagen wir nichts anderes als Zeilen eines Songs oder Anweisungen, wo und wie die Finger am Gitarrenhals zu liegen haben. Thomas schaut sich die Stellung meiner Hände an und versucht, den Akkord nachzuspielen, und wenn es richtig klingt, sind wir beide mächtig stolz, feiern diesen kleinen Triumph mit einem Freudenschrei, auf Französisch, auf Deutsch, auf Englisch. Danach spielen wir weiter und werden etwas lauter.

In seinem letzten Brief hat Simon nicht erwähnt, wie es zu Hause läuft. Ich habe keine Ahnung, wie sich die Situation zwischen meiner Mutter und meinem Vater entwickelt. Ich weiß nicht, ob mein Vater immer noch auf dem Sprung oder gar schon ausgezogen ist – oder noch abwartet. Ich weiß nicht, ob meine Mutter sich beruhigt hat, ob sie immer noch auf ihren unterschwelligen Vorwürfen herumreitet, ihren schwerwiegenden Anklagen. Simon erzählt von nichts anderem als einem Mädchen, das er kennengelernt hat. Drei Seiten lang Edith – was sie sagt, was sie denkt, was sie will, wie sie ist, oder vielmehr, wie er glaubt, dass sie ist. Edith und ihre Haare, Edith und ihre Stiefel, Edith und ihr Humor, Edith und ihr Tanzkurs. Und so ist sein Brief nur ein langer, belangloser Monolog, es gibt nichts mehr außer diesem Mädchen, das seinen Horizont zu vernebeln scheint. Ich erkenne Simon nicht wieder, der normalerweise allem gegenüber so aufgeschlossen ist; jetzt antwortet er kaum auf die Fragen, die ich ihm gestellt habe, reagiert nicht auf meinen Bericht über die Fahrt nach Dänemark, die ich ihm in sämtlichen Einzelheiten geschildert habe und die in meinen Augen nun wirklich ein Ereignis war. Nein, kein Kommentar, als wäre ihm meine Reise ans Ende der Welt völlig gleichgültig. Er hat mir keine Musik geschickt, erwähnt sie nicht einmal mehr. Er fragt nicht, wie ich die Kassette von Iggy Pop fand. Ich fürchte das Schlimmste für Simon. Ich sehe es förmlich vor mir: Simon, ganz im Banne dieses Mädchens, nickt begeistert bei jedem ihrer Worte, bei jeder ihrer Ideen; Simon, nur noch der Schatten seiner selbst, von Kopf bis Fuß zitternd, wartet nur auf einen Ruf, einen Blick. Ich kann mich beim besten Willen nicht für Simon freuen, dabei sollte ich das tun, ich sollte aufgeregt und neugierig nach weiteren Informationen fragen, aber ich bin wie vor den Kopf gestoßen, sitze im Untergeschoss auf meinem Bett und lasse mich, noch bevor ich den Brief zu Ende gelesen habe, seitlich auf das Kopfkissen fallen und habe das Gefühl, als würde die Erde mich zu ihrem Mittelpunkt ziehen, als wäre die Anziehungskraft stärker als sonst; ich sinke in die Matratze, immer tiefer, und verstehe nicht, warum ich weine. Ich habe das Gefühl, dass Simon mich verlässt, mich im Stich lässt in diesem kalten, nicht enden wollenden Winter, weit weg von zu Hause, von ihm und auch bereits von meiner Kindheit. Ich ärgere mich über meine lächerliche Reaktion, ich bin eifersüchtig auf diese Unbekannte, die nichts von uns weiß, weder von Simon noch von unserer Geschichte. Ich bin sauer auf dieses Mädchen, das mir meinen Bruder gerade jetzt wegnimmt, wo ich ihn am dringendsten brauche. Wer soll von nun an Zeuge meiner Existenz sein, wer wird wissen, dass ich mit Mächten ringe, denen ich nicht gewachsen bin? Wem soll ich erzählen, was ich Tag für Tag hier erlebe? Wer kann mir sagen, wie es dazu gekommen ist? Ich habe den Eindruck, dass Simon mich loswerden will, dass es ihm nunmehr egal ist, ob es richtig von mir war wegzugehen. Für ihn jedenfalls, das steht fest, war es richtig zu bleiben.

Eines Morgens treten wir vor die Tür, Nina und ich, und irgendetwas ist anders. Es ist ganz plötzlich gekommen, das Gezwitscher der Vögel, als wären sie über Nacht aufgewacht. Es riecht nach Frühling, der Schnee läuft nur noch in kleinen Rinnsalen den Weg hinunter, etwas liegt in der Luft und spiegelt sich in der Glastür, als ich sie hinter mir schließe. Ninas Stimme vielleicht oder die Farbe ihrer Haare, die sich plötzlich von der dunklen Tiefe der Tannen abhebt. Ich weiß nicht, warum, aber heute ist alles anders. Die Hälfte meiner Zeit hier habe ich hinter mir, und ich erinnere mich an den ersten Morgen im Schnee und in der Dunkelheit, als Nina und ich noch zwei Unbekannte waren, an die Angst, nicht rechtzeitig aufzuwachen, an die Müdigkeit von der Reise, die abgrundtiefe Traurigkeit, die mir die Brust zuschnürte, das Gefühl, alles sei egal und ich würde mich im Dunkel verirren. Jetzt, drei Monate später, weiß ich nicht, ob ich Fortschritte gemacht habe. Ich weiß immer noch nicht, was ich hier suche, ich weiß nicht, ob ich es gefunden habe, aber ich gehe neben einem kleinen Mädchen her, das mir die Hand gibt und dem ich versprechen muss, da zu sein, wenn es zurückkommt. Noch halb verschlafen frage ich Nina, was sie später werden möchte, wenn sie groß ist, und sie antwortet, sie würde gern Französin werden. Ich frage mich, wozu es gut ist, mit Menschen zusammenzuleben, die man wieder verlassen muss, mir Landschaften einzuprägen, die ich nie mehr sehen werde, eine Sprache zu lernen, die ich vermutlich nie mehr sprechen werde. Und da, an diesem Morgen, der so anders ist, an diesem Morgen, an dem die Vögel endlich beschlossen haben zu singen, fasse ich einen Entschluss und gebe mir selbst ein Versprechen, weil niemand sonst da ist. Nachdem Nina in den Schulbus gestiegen ist, ich dem Fahrer ein Zeichen gegeben habe und er weiterfährt, nehme ich mir vor, nach meiner Rückkehr weiterhin Deutsch zu sprechen, kein einziges der gelernten Worte zu vergessen, nichts von dem zu verlieren, was diese Sprache mich empfinden ließ, was ich seit drei Monaten empfinde, nein, ich will keines der Gefühle, keinen der Klänge und keine der Redewendungen vergessen, die mich in dieser so besonderen Zeit begleitet haben, der Zeit meines freiwilligen Exils, vielleicht um den Verlust noch stärker zu spüren; ich wollte mich selbst verlieren, mich häuten und gründlich erforschen; ich verspreche mir, weiterhin auf Deutsch zu träumen, überhaupt weiterhin zu träumen, wäre schon mal nicht schlecht, sage ich mir auf dem Rückweg, während mich die Sonne bescheint, rot und voll, und Wind aufkommt; und auch wenn Simon mein Versprechen egal ist, weil er gerade mit anderen Dingen beschäftigt ist, so weiß ich doch, dass ich es halten werde, dass ich die deutsche Sprache für den Rest meiner Tage brauchen werde. Ich öffne die Tür, sehe Thomas, der gerade eine Tasse Tee trinkt, und rufe ihm zu, dass es endlich soweit ist: »Es ist Frühling!«, und Thomas zieht eine Augenbraue hoch, erstaunt über meine Aufregung am frühen Morgen. Er gibt keinen Kommentar dazu ab, sagt nur, dass er fast kein Benzin mehr im Mofa hat und hofft, dass es noch bis zur Schule reicht. Als er an mir vorbeigeht, gibt er mir zum ersten Mal einen Kuss auf die Wange und setzt seinen Helm auf. Ich bleibe still stehen, für eine Reaktion wäre es sowieso schon zu spät, Thomas hat die Tür bereits hinter sich zugemacht. Ich schaue ihm nach und sage mir noch einmal, dass ich weiterhin Deutsch sprechen werde.

Frau Bergen geht mit mir zur Bushaltestelle. Sie sagt, das Laufen täte ihr gut. Davor hat sie sich den ganzen Vormittag im Kreis gedreht und eine Zigarette nach der anderen geraucht. Sie geht mit Herrn Bergen auf die Außentreppe, küsst ihn, gegen das Auto gelehnt, wie in einem Film der fünfziger Jahre, dann fährt er los, und sie bleibt einen Augenblick lang reglos stehen und schaut dem VW-Bus nach. Frau Bergen kommt ins Haus zurück und zieht ihren Bademantel enger zusammen. Sie schaut auf die Küchenuhr, schlägt vor, dass wir zusammen Tee trinken, und lässt sich in einen der Sessel fallen. Doch ich bleibe nicht im Wohnzimmer, ich gehe nach unten und schalte eine Waschmaschine ein, ich brauche jetzt erst mal Luft, Raum und Bewegung. Als es Zeit ist, geht Frau Bergen nach oben, um sich anzukleiden, dann zieht sie umständlich ihren Mantel über, alles scheint sie zu ermüden, jede Bewegung fällt ihr schwer. Während wir nebeneinander hergehen, sagt sie mir, dass sie Krebs hat, aber ich brauche einige Zeit, um zu begreifen. Ich habe das Wort »Krebs« schon gehört, »crabe«, ein Schalentier, und deshalb verstehe ich nicht sofort, dann fällt mir das Tierkreiszeichen Krebs ein, und schließlich macht es »klick«. Kein Zweifel, das Schalentier und die Krankheit namens Krebs ist ein und dasselbe. Ich denke an eine meiner ersten Mahlzeiten bei den Bergens, als wir alle am Tisch saßen und versucht haben, uns zu unterhalten, ich habe von den Ferien mit meinen Eltern in der Bretagne erzählt und erfand, nur um überhaupt etwas sagen zu können, dass ich gerne Krebse esse. Ich habe es sogar wiederholt, dass ich gerne Krebse esse, das war frei erfunden, und ich glaube, es war Thomas, der mich auf den Unterschied zwischen Krabbe und Krebs aufmerksam gemacht hat – ich hatte die Wörter verwechselt, aber das war nicht wichtig. Dieses zusammenhanglose Gespräch kommt mir jetzt wieder in den Sinn, es hatte damals keine Bedeutung, wir redeten ja einfach nur, um zu reden, und es war völlig egal, ob wir über Krabben, Garnelen oder Krebse sprachen, es ging nur darum, Unterhaltung zu machen, uns gegenseitig zu fragen und zu antworten. Frau Bergen saß damals mit am Tisch, und für sie hatte das Wort »Krebs« sicher einen ganz anderen Klang. Wusste sie damals schon, dass sie Krebs hat? Ich würde sie gern fragen, was für eine Krebsart es ist, da sagt Frau Bergen einen kurzen, tonlosen Satz, und ich spüre, dass es sich um die Brust handelt, aber sie zeigt auf meine Brust, nicht auf ihre eigene, und diese Geste überrascht mich, wir verlangsamen unsere Schritte, und ich bleibe reglos vor Frau Bergen stehen, die über dem Mantel meine Brust berührt, während ihr die Sonne ins Gesicht scheint. Es ist, als würde sie mich ausziehen, ihre Krankheit irgendwie mit mir teilen, durch diese Berührung auf mein Schicksal einwirken. Ein Schauder läuft mir über den Rücken, und ich bin drauf und dran wegzulaufen, ich habe plötzlich Angst, der Krebs könne ansteckend sein, auch mich ergreifen und mich aufsaugen. Auf einen Schlag verstummt, gehen wir an den Bahngleisen entlang, die Hände in den Taschen. Ich weiß nicht, wie ich auf Frau Bergens Enthüllung reagieren und was ich sagen soll, ich stelle keine Fragen und fürchte, sie könnte mich für feige oder teilnahmslos halten. Aber mir fehlen die Worte, die sie trösten könnten, nein, es gibt kein angemessenes Wort. Um das immer bedrückender werdende Schweigen zu durchbrechen, beginne ich von der Tante meiner Mutter zu erzählen, beiße mir aber rasch auf die Zunge. Diese Frau, die ich kaum kannte, hatte Brustkrebs, das war eine Art Familiengeheimnis, und wenn man von ihr sprach, dann als »die Tante, die Krebs hat«, als würde sie sich über diese Krankheit charakterisieren. Ich habe also einen Satz über die Tante meiner Mutter angefangen, um zu sagen, dass auch die Französinnen Brustkrebs haben, dass Deutsche und Franzosen im Endeffekt gleich sind, um ihr mein Verständnis auszudrücken, ja, sogar Mitgefühl, und ihr zu sagen, dass es der Tante meiner Mutter gleich erging, doch ich bin verstummt, als mir einfiel, dass die »Tante, die Krebs hat« zur Tante geworden ist, »die an Krebs gestorben ist«. Weil ich verstummt bin, sieht mich Frau Bergen fragend an, und deshalb formuliere ich meinen Satz mit einem ermutigenden Lächeln und füge hinzu, dass sie jetzt »wieder gesund« sei, ja, sich bester Gesundheit erfreue. Ich weiß nicht, was Frau Bergen von meiner Geschichte hält, die ich naiv und mit einigen Grammatikfehlern dahergeplappert habe, ich weiß nicht, ob sie mir meine Lüge abkauft. Sie sieht mich ängstlich an, und ich spüre, dass sie wie ein Kind ist, sie folgt mir, als brauche sie meine Gesellschaft; ist es nicht merkwürdig, dass sie mich begleitet – das Au-pair-Mädchen, das ihre Tochter vom Schulbus abholt? Da stimmt etwas nicht. Ich werde zur Erwachsenen und sie zum Kind; trotz meiner Hindernisse, der Sprache, des Fremdseins und meiner Jugend, scheine ich die Zügel in der Hand zu halten. Gleich werde ich auf zwei Menschen aufpassen müssen, eine vierzigjährige Frau und ein kleines Mädchen, das aus dem Schulbus steigt und sichtlich überrascht ist, dass wir zu zweit gekommen sind, um sie abzuholen.

Um Simon zu imponieren, fange ich an, *Mein Kampf* zu lesen. Ich glaube, dass ich meinen Bruder beeindrucken kann, wenn ich dieses Buch aufschlage, und ich hoffe, dass er auf diese Weise zu mir zurückfinden wird, wieder Interesse an mir hat, weil er merkt, dass ich gerade etwas Außergewöhnliches erlebe. Aber ich glaube auch, dass ich mich selbst beeindrucken möchte, indem ich etwas Heimliches tue, der Versuchung einer ungesunden Neugier erliege. So empfinde ich es jedenfalls. Ich will mich selbst davon überzeugen, dass ich etwas Besonderes erlebe, ich will mir beweisen, dass ich eine Abenteurerin bin. Als überträte ich ein Verbot, als setzte ich meine Füße auf ein Territorium, aus dem man nicht zurückkehrt. Also sitze ich abends auf meinem Bett und blättere die Seiten um, ohne die Musik leiser zu stellen, und auf meinen wenigen Quadratmetern vermischen sich die deutschen Wörter von Adolf Hitler mit den englischen Strophen meiner Lieblings-Rockbands, und so überlagern sich gegensätzliche Gefühle: auf der einen Seite mit mehr oder weniger Harmonie gesungene tröstliche Worte, und auf der anderen Seite das Schlimmste, was man mit Worten anrichten kann.

Ich schaue immer wieder auf die Uhr, um den Bus nicht zu verpassen. Es bleibt mir noch fast eine Stunde. Zeit genug, um Ninas Zimmer fertig aufzuräumen. Wir tun es gemeinsam, ich schlage Nina vor, mir den Namen jedes Gegenstands zu nennen, wie ein Spiel, denn auf diese Weise lerne ich dazu, und sie vergisst, dass sie beim Aufräumen immer kurz vor einem Nervenzusammenbruch steht. Wir hocken auf dem Teppich und bilden Haufen: auf der einen Seite die kleinen Figuren und Puppen, und auf der anderen die Puzzleteile und Bausteine. Auf einen dritten Haufen kommen Plastik- und Holzteile, die nicht mehr benutzt werden. Als Erstes räumen wir die Kleidungsstücke weg, die schmutzige Wäsche kommt in den Wäschekorb, ich lege die diversen Pullis auf dem Bett zusammen und sortiere die Hosen. Ich sage zu Nina, sie solle das Kopfkissen ausschütteln und dann in die Mitte einen Knick hineinschlagen, worüber sie lachen muss, und als die Federn richtig verteilt sind, schütteln wir das Federbett am Fenster kräftig aus. Ich schlage Nina vor, die Stofftiere auf dem Bett zu einer Art Arche Noah anzuordnen, wie für eine Theateraufführung, damit die Tiere nicht mehr im ganzen Zimmer herumfliegen. Ich lasse das Fenster offen, damit frische Luft hereinkommt, und sehe Staubpartikel im Lichtstrahl tanzen. Ich muss aufpassen, dass ich in der Zeit bleibe, möchte Nina aber auch nicht zu größerer Eile antreiben, denn ich spüre, dass ihre Geduld allmählich an ihre Grenzen stößt. Mit meiner eigenen Geduld ist es auch nicht mehr weit her, aber ich lasse Nina machen, ich weiß, dass ich in wenigen Minuten aus dem Haus gehen werde.

Als ich an Frau Bergens Schlafzimmer vorbeikomme, zieht sie mich mit geheimnisvoller Miene hinein. Und noch bevor ich ein Wort über den Bus und meinen geplanten Besuch in der Stadtbücherei sagen kann, öffnet sie die Tür ihres Kleiderschranks und sagt, ich dürfe mir alle Kleider aussuchen, die mir gefallen. Ich versuche noch einmal, ihr zu erklären, dass ich schon spät dran bin, aber da sagt sie, sie werde mich mit dem Auto hinfahren, sie habe ohnehin ein paar Dinge in der Stadt zu erledigen. Ich spüre, dass ich innerlich zu zittern beginne und kurz vor einem Schreikrampf stehe, aber ich will nicht die Beherrschung verlieren, hier, in Frau Bergens Zimmer, dem Elternschlafzimmer, das mich an das Zimmer meiner eigenen Eltern erinnert, in dem sich mein Vater und meine Mutter nach Leos Tod Nacht für Nacht gestritten haben. Frau Bergen merkt nichts von meiner Verwirrung, sie beharrt auf ihrem Angebot, präsentiert mir bereits das erste Kleid auf einem Kleiderbügel, sie trage es nicht mehr wegen der Farbe, es stehe mir viel besser, weil ich ein dunkler

Typ sei, dieses Kleid sei ihr vor einiger Zeit geschenkt worden und sie habe es nur ein einziges Mal getragen. Sie ist ganz aufgeregt, macht mich mit ihrem Redeschwall ganz benommen, sie scheint wie unter Drogen zu stehen. Ich weiß nicht, was ich sagen, was ich denken soll, ich lasse mich gegen meinen Willen in diese Situation hineinziehen, der ich nicht gewachsen bin, sage immer wieder »nein, danke«, wie ein kleines Kind, das in eine Zwickmühle geraten ist, doch Frau Bergen geht mit einem fast schwärmerischen Lächeln über meine Ablehnung hinweg und sagt, ich solle das Kleid gleich überziehen, es würde sicher »wunderschön« an mir aussehen. Ich weiß nicht, ob ich mich hier vor ihren Augen ausziehen oder ins Badezimmer gehen soll, aber da legt Frau Bergen, die offenbar nicht gewillt ist, lockerzulassen, schon beherzt Hand an, und ich schiebe meine Schamgefühle beiseite – schließlich sind wir ja unter Frauen – und stehe im Slip vor ihrem Spiegelschrank. Zögernd schlüpfe ich in das orangefarbene Kleid. Das Bild, das ich im Spiegel sehe, ist trostlos. Ich sehe eine zierliche junge Frau in einem schrecklichen Tupfenkleid und glaube meine Mutter zu sehen; das springt mir förmlich ins Auge, wegen des Stoffmusters, aber auch wegen des tiefen Ausschnitts, der enthüllt, dass ich einen Busen habe, und wegen meiner nackten Beine, wo ich normalerweise nur Jeans trage. Ich fühle mich verkleidet, nie und nimmer kann ich mich in einem so bescheuerten

Aufzug wiedererkennen, es kann nur ein Spiel sein, dieses Mädchen im Spiegel bin ich nicht. Frau Bergen dagegen findet mich wunderbar verwandelt, endlich käme ich zur Geltung, endlich sei ich eine Frau. Sie benimmt sich wie ein Kind vor einem Überraschungsgeschenk und ruft Nina, die auch nicht weiß, was sie sagen soll. In ihren Augen sehe ich, dass ich ihr in diesem Aufzug ganz und gar nicht gefalle. Sie verzieht den Mund, was verrät, wie lächerlich sie das Ganze findet. Ich finde, dass dieses Intermezzo lange genug gedauert hat, was Frau Bergen zu bedauern scheint. Als ich die Treppe hinuntergehe, betritt Herr Bergen gerade das Haus und sieht mich in dem orangefarbenen Kleid und mit meinen eigenen Sachen über dem Arm. Ich weiß nicht, warum, aber plötzlich, mitten auf der Treppe, fällt mir wieder ein, wie er mir nach unserer Ankunft in Dänemark eine Zigarette angeboten hatte, und diese plötzliche Erinnerung schwächt den Blick ab, mit dem er mich nun mustert – ein Blick, den ich nicht an ihm kenne, inquisitorisch und fast aufdringlich.

Beim Fahren summt Frau Bergen vor sich hin, leicht und sanft, als käme wieder Leben in sie, und ich weiß nicht, welchem Umstand diese neue gute Laune zu verdanken ist. Ich weiß nicht, wie sich ihre Krankheit entwickelt, ich habe gehört, dass Frauen mit Brustkrebs recht gute Heilungschancen haben, vielleicht war es ja nur ein Warnschuss ohne schlimme Folgen. Vor der Stadtbücherei setzt sie mich ab, sagt, sie müsse noch im Büro vorbeischauen, und fragt, ob sie mich auf dem Rückweg wieder mitnehmen soll. Nein, ich fahre lieber allein nach Hause, natürlich will ich allein heimfahren, ich brauche Ruhe, keine Einsamkeit, aber ich muss wieder zu mir kommen, will wieder herausfinden, wer ich bin, will den Faden meines Lebens wieder aufnehmen und das Leben der anderen etwas beiseitelassen. Andererseits würde ich gern Leute treffen, Gleichaltrige, mit denen ich mich verabreden, diskutieren oder abends ausgehen kann. Ich schaue mich in der Bücherei genauer um als sonst, ich nehme mir die Zeit, die Augen zu öffnen und die Menschen und die Welt um mich herum bewusster anzusehen; ich achte auf das Kommen und Gehen der Besucher, aber alle scheinen sich nur auf ihr Ziel zu konzentrieren, sind unnahbar, ganz in ihrer eigenen Welt. Ich beschließe, heute einmal in eine neue Abteilung zu gehen, nicht in den großen Lesesaal, wo man nebeneinandersitzt, ohne sich zu begrüßen oder auch nur anzusehen, höchstens ab und zu mit leerem Blick den Kopf hebt, um sich anschließend noch tiefer in seine Lektüre zu versenken. Jedenfalls kann ich mich absolut nicht konzentrieren, weder auf Thomas Mann noch auf die deutsche Geschichte, die ich spannender finde, als ich gedacht hätte; vorhin, beim Aussteigen aus dem Auto, dachte ich noch, ich würde anfangen zu weinen, aber das habe ich mir auf dem Vorplatz der Stadtbücherei verboten, ich habe gespürt, dass es besser war, meine innere Anspannung zu unterdrücken, denn wenn ich meinen Emotionen erst einmal freien Lauf lasse, fürchte ich, käme der ganze Schmerz auf einmal hoch. Also blockiere ich, beherrsche mich, versuche mir zu beweisen, dass ich nicht schwach bin, denn ich bin schließlich wie meine Mutter und schreite würdevoll auf dem Grat der Unbesiegbarkeit, ohne je in den Abgrund zu stürzen. Ich setze mich in den Zeitschriften-Lesesaal und greife auf gut Glück nach einer Tageszeitung, überfliege sie, ohne sie wirklich zu lesen, weil ich lieber die mich umgebenden Menschen beobachte. Aber die Zeitung Lesenden gehören nicht zu meiner Generation, ich frage mich, wo die jungen Leute sind, mit denen ich mich anfreunden könnte. Ich frage mich, ob all diese gemütlich auf ihren Stühlen sitzenden Leute überhaupt gemerkt haben, dass Frühling ist. Und dass man dringend etwas aus seinem Leben machen muss.

Thomas macht Fortschritte auf der Gitarre. Ich nehme meinen Kassettenrekorder mit in sein Zimmer, und wir hören gemeinsam eine Musikkassette, die Simon mir wieder geschickt hat. Thomas versucht das, was er hört, nachzuspielen, er hat ein gutes Gehör, doch es fehlt ihm an Ausdauer, er übt nicht ernsthaft, er ist ungeduldig. Es kommt vor, dass Herr Bergen plötzlich den Kopf zum Türspalt hereinsteckt, und dann fühlen wir uns ertappt, fast schuldig, und machen Fehler, vertun uns mit den Akkorden und sind verkrampft. Manchmal kommt Herr Bergen auch ganz herein und setzt sich auf den Schreibtischstuhl. Er stützt seine Hände auf die gespreizten Knie und nickt zum Takt mit dem Kopf, als wären ihm die Melodien, die wir spielen, vertraut. Bei solchen Gelegenheiten sehen wir uns an, Thomas und ich, beide genervt durch Herrn Bergens Anwesenheit, und dann ist nichts mehr wie zuvor, die Musik wird fade, unsere zögerlichen Griffe sind nicht mehr spontan, es ist, als hätte man uns etwas gestohlen, das bisschen Vertrautheit, das wir so gern miteinander teilen. Am schlimmsten ist, dass wir Herrn Bergens Traurigkeit spüren, seinen Wunsch nach Nähe, seine Erwartung und seine Einsamkeit, doch wir sind unfähig, ihm irgendwas zu geben, wir verschließen uns, weil er ein Erwachsener ist und uns das Schicksal von Erwachsenen nicht interessiert. Wenn er zwei Meter von uns entfernt sitzt, wenn seine schwere Masse auf dem schmalen Schreibtischstuhl lastet, ist das im Zimmer herrschende Gleichgewicht plötzlich verändert, und die Luft, die wir atmen, ist nicht mehr dieselbe. Was uns am meisten stört, ist, dass Herr Bergen nichts Besseres zu tun hat, als die Gesellschaft der Jugend zu suchen, und dass er keinen Unterschied zwischen sich und uns macht. Er würde sicher gern mit uns singen, während wir es unpassend finden, dass er dieselbe Musik mag wie wir, dass er Melodien summt, die uns gehören, die nur uns etwas angehen, uns Heranwachsende in der Diskontinuität, die vorübergehend gegen die Erwachsenen rebellieren. In seinen Trevirahosen und seinen Ledermokassins und gestreiften Hemden *kann* er nicht »London Calling« mitsingen, das wäre eine Beleidigung für *The Clash* und fast die ganze Menschheit. Thomas und ich sitzen nebeneinander auf dem Bett und fühlen uns anders, extrem anders, aus einem anderen Stoff gemacht, edler natürlich, authentischer, leicht entflammbar. Dazu ist die Musik, die wir hören, schließlich da: Sie soll uns vor der Welt der Erwachsenen schützen, dafür sorgen, dass wir sie ertragen, einen Schutzschild bilden, damit sie uns nicht erreicht. Zumindest glauben wir das.

Frau Bergen hat in den ersten Frühlingstagen Geburtstag. Sie wird vierzig. Hinter ihrem Rücken reden wir ganz aufgeregt darüber, sobald sie das Zimmer verlässt. Wir bereiten eine Überraschung für sie vor, und Herr Bergen will, dass es bis zum Schluss geheim bleibt. Die zwei Wochen vor ihrem Geburtstag sind anders als sonst, ich spüre, wie sehr ich inzwischen schon zur Familie gehöre. Ich bin wie ein Bindeglied zwischen den Erwachsenen und den Kindern, gehöre bald dem einen Lager an, werde dann wieder von dem anderen Lager in Beschlag genommen, und dieses

Hin und Her, das allen zupasskommt, erschöpft mich und wertet mich gleichzeitig auf. Ich gehöre immer zu einer Gruppe, kann nie einfach nur ich selbst sein. Bei der Vorbereitung des Abends fragt mich Herr Bergen manchmal nach meiner Meinung, wohl eher um zu reden, als dass er sich wirklich dafür interessiert, was ich denke. Er achtet extrem darauf, dass Frau Bergen auch wirklich nichts merkt, es ist richtig rührend, wie er sich zum Telefonieren versteckt, mich manchmal, nachdem er die Küchentür hinter sich geschlossen hat, zur Zeugin macht. Eines Abends kommt er sogar in mein Zimmer, nachdem er angeklopft hat. Er tritt ein, ohne zu ahnen, dass ich gerade blitzschnell *Mein Kampf* unter der Decke verschwinden lassen musste. Denn, und das muss ich an dieser Stelle gestehen: Statt weiter den *Zauberberg* zu lesen, habe ich dasselbe getan wie ein Großteil der Deutschen und Thomas Mann gegen Adolf Hitler ausgetauscht. Ich wollte verstehen, was das deutsche Volk gepackt hat, was die Menschen dazu gebracht hat, sich durch ein so wahnhaftes, hasserfülltes Buch leiten zu lassen. Herrn Bergens Eintreten stört mich also in doppelter Hinsicht. Ich bin kein bisschen locker und verhasple mich, was in einer Fremdsprache natürlich nicht groß auffällt, das ist einer der Vorteile, ich kann stottern, mich verbessern, mein Zögern verrät nichts. Herr Bergen fragt, ob er sich setzen darf, aber das ist fast unmöglich, mein Zimmer ist so winzig, dass überall etwas herumliegt, auch auf dem Stuhl unter dem Klappfenster. Ihm ist bewusst, dass er sich in meinem Zimmer befindet, aber gleichzeitig auch in seinem Haus, er verhält sich also so, als wäre er bei mir bei sich: Er nimmt meine Kleider weg, um sich setzen zu können, so einfach ist es, er nimmt sie vom Stuhl und legt den Haufen aufs Bett – warum umständlich, wenn es auch einfach geht? Dann sagt er mir, was ihn beschäftigt. Herr Bergen hofft, dass Frau Bergens Eltern an ihrem Geburtstag hiersein können, aber sie leben im Osten, unweit der Grenze, und er ist sich nicht sicher, ob sie ein Visum bekommen. Was mir Herr Bergen damit sagen will, aber nicht deutlich ausspricht, ist weniger, wie schmerzlich es ist, wenn Eltern ständig von ihren Kindern getrennt sind, sondern eher, dass dieser Geburtstag für die Eltern die letzte Möglichkeit sein könnte, ihre Tochter lebend zu sehen – aber das wagt niemand auszusprechen. Ich frage mich, warum Herr Bergen seine Not gerade mir anvertraut, ich kann ihm nicht helfen, ihm nur zuhören, damit er sich seine Sorgen von der Seele reden kann. Um von der Krankheit abzulenken, frage ich, ob Frau Bergen Geschwister hat. Es gibt Brüder, bestätigt Herr Bergen, aber den Rest seines Satzes verstehe ich nicht mehr genau. Er hört nicht mehr auf zu reden, rollt das *R* mehr denn je. Er beginnt einen Monolog, der viel zu schwierig für mich ist und mir fast Angst macht, aber er redet ohnehin nicht mehr mit mir, obwohl er mich weiter anschaut. Ich hoffe, dass er bald wieder geht, ich kann ihm nicht helfen, und dieses Zimmer ist wie eine Falle, man kann nicht aufstehen und herumgehen, man kann nicht aus dem Fenster schauen oder sich auf andere Weise entziehen. Man kann den anderen nicht auf Distanz halten, ist sich gezwungenermaßen ganz nahe. Ich bleibe also mit angezogenen Knien im Bett sitzen, mit dem Rücken an der Wand, in einer Position, die mir etwas zu intim ist. Ich lasse meine Füße unter dem Betttuch verschwinden, ich will nicht, dass Herr Bergen meine Füße sieht, das ist alles, was ich tun kann, um mich zu schützen. Ein langes Schweigen entsteht, bevor Herr Bergen endlich aufsteht und mein Zimmer verlässt.

Am Tag ihres Geburtstags muss ich Frau Bergen aus dem Haus locken, damit dort die Überraschung vorbereitet werden kann. Wir fahren zusammen in die Stadt zum Einkaufen, ich mit dem Vorwand, ein Geburtstagsgeschenk für meine Mutter kaufen zu wollen. Wir amüsieren uns über den Zufall, dass die Geburtstage von Frau Bergen und meiner Mutter nur um wenige Tage auseinanderliegen, auch meine Mutter wird dieses Jahr vierzig. Darüber hatte ich mit Simon in unseren letzten Briefen gesprochen. Er hatte unsere Mutter sagen hören, ihr sei nun wirklich nicht nach Feiern zumute. Das wundert mich nicht. Und ich stelle mir vor, wie meine Mutter, mein Vater und mein großer Bruder zu dritt an diesem doch besonderen Tag zusammensitzen, meine Mutter die Geschenke öffnet, die die beiden Männer neben ihren Teller gelegt haben, und wie sie mit einem gequälten, vielsagenden Seufzen die Kerzen auspustet. Ich sehe diese unsägliche Situation förmlich vor mir: wie mein Vater ihr einen Kuss auf die Stirn drückt, vielleicht sogar auf die Lippen, falls er dazu noch in der Lage ist, und wie Simon die Augen niederschlägt oder den Kopf abwendet, um nicht mit ansehen zu müssen, welche Anstrengungen unsere Eltern unternehmen müssen, um die Illusion aufrechtzuerhalten, dass sich nichts verändert hat, obwohl nichts mehr so ist wie früher. Ich kann mir auch vorstellen, dass sie aus Angst, an diesem Abend zu dritt allein zu sein, Freunde nach Hause einladen, nur um nicht merken zu müssen, was für ein hinkendes Gespann sie jetzt bilden, aber ich wüsste nicht, wer von ihren Freunden couragiert genug wäre, die Lüge zu ertragen, die sich in der Wohnung eingenistet hat und die mit der Abwesenheit ihrer beiden jüngsten Kinder zu tun hat. Oder aber sie laden nur die Großeltern ein und verschleiern das Desaster ihrer Existenz hinter einer quasi öffentlichen Komödie, in der drei Generationen gemeinsam auftreten: die Generation, die sich geopfert hat, die, die an ein ordentliches und ehrenwertes Leben geglaubt hat, und die, die nur an Flucht denkt. Ich denke an den bevorstehenden Geburtstag meiner Mutter, als Frau Bergens Auto durch das Haupttor in der Stadtmauer fährt, und frage mich, was für ein Geschenk ich ihr gerne machen würde: Ich habe keine Idee, mein Kopf ist leer, völlig leer. Wir fahren am Büro der Bergens vorbei, wie jedes Mal, wenn wir in der Stadt sind, unweigerlich müssen irgendwelche Akten geholt oder Nachrichten auf dem Anrufbeantworter abgehört werden, die Frau Bergen dann eifrig notiert. Danach gehen wir durch die Breite Straße zum Kanzleigebäude, schlängeln uns unter den Arkaden an den Fußgängern vorbei, die vor den Schaufenstern stehen bleiben. Wir kaufen ein, was man für fünf Personen zum Abendessen braucht, Frau Bergen hat keine Ahnung, dass alles bereits organisiert ist, und gehen zum Schluss noch in eine Konditorei, wo sie eine Torte mit viel Creme und Marzipan ersteht – eine regionale Spezialität. Ich betrachte sie, als sie vor der Theke steht und sich schon darauf freut, was ihre Familie für Augen machen wird, wenn sie mit dieser Torte ankommt, obwohl sie selbst sicher nicht mehr als einen oder zwei Happen davon essen wird. Seit einiger Zeit hat Frau Bergen kaum noch Appetit. Sie stochert auf ihrem Teller herum, schneidet ihr Essen in immer kleinere Häppchen, macht kleine Häufchen und steckt sich dann widerwillig etwas in den Mund, schluckt es aber nicht hinunter. Es sind die Medikamente, hat Herr Bergen einmal gesagt, und ich habe daraus geschlossen, dass Frau Bergens Behandlung ihr den Appetit nimmt und Brechreiz auslöst. Denn nach dem Essen verschwindet sie manchmal auf der Toilette, und uns ist klar, dass sie sich erbricht.

Lächelnd übergibt sie mir nun die Tortenschachtel mit der Ermahnung, sie schön gerade zu halten, und als ich sie lächeln sehe, frage ich mich, was schlimmer ist: Mit einem Lächeln auf den Lippen vielleicht bald schon zu sterben oder weiterzuleben und nicht mehr lächeln zu können; ich sollte das Leben meiner Mutter nicht mit dem von Frau Bergen vergleichen, und dennoch kann ich es mir nicht verkneifen, ihre beiden Gesichter nebeneinander zu sehen, ihr jeweiliges Schicksal, die eine ohne ihre Kinder, die andere ohne ihre Eltern. Wir gehen unter den Arkaden wieder zurück, es ist noch Tag, und ich spüre wieder dieses Gefühl in mir aufsteigen, das ich damals in Dänemark hatte, ich fühle mich lebendig, vom Leben der anderen durchdrungen, mit ihnen verbunden, denn dank ihrer kann ich mich selbst vergessen. Vor dem Schaufenster eines Geschäfts für Künstlerbedarf bleibe ich stehen, gehe hinein und kaufe ein kleines Kästchen mit Aquarellfarben. Ich habe noch nie einen Pinsel in der Hand gehalten, aber ich denke, ich werde etwas für meine Mutter malen.

Als wir auf das Haus zufahren, sehen wir mehrere Autos in der Auffahrt stehen. Frau Bergen wirkt nervös, als sie die Autotür öffnet, ich sehe auch, wie sie plötzlich blass wird. Als wir mit vollen Händen das Haus betreten, eilt uns Thomas entgegen, nimmt uns die Einkäufe ab und bringt sie in die Küche. Frau Bergen will die Torte nicht hergeben, sie hält sie fest, wie ein Kind sein Plüschtier. Dann fordert Thomas uns auf, ihm zu folgen, und uns bleibt nichts anderes übrig. Wir gehen die Stufen zum Untergeschoss hinunter, wo wir Geräusche aus der Diskothek hören. Als wir von Thomas hineingeschoben werden, geht das Licht aus, und man nimmt angehaltenen Atem wahr, eine stumme, aber dichte Präsenz, ein Erzittern im Dunkeln. Plötzlich sprüht auf einer Baisertorte im Halbdunkel ein kleines Feuerwerk, und alle singen: »Zum Geburtstag viel Glück …« Einzelne Umrisse werden sichtbar, werden immer aufgeregter, einige Gesichter zeichnen sich im Schein der kurzen, zitterigen Funken ab. Ich weiß nicht, wie Frau Bergen es schafft, nicht zusammenzubrechen, als das Licht angeht. Alle Augen sind auf sie gerichtet. Sie bleibt in einer Ecke stehen, wird dann aber in die Mitte des Raums gezogen, sie soll im Mittelpunkt stehen, und die Gäste gehen ein Stück zurück, damit sie besser zur Geltung kommt. Aber sie will nicht von allen angeschaut werden, sie senkt den Kopf ein bisschen und fasst sich instinktiv an ihre ungewaschenen Haare, und mir wird schlagartig klar, warum diese Überraschung keine gute Idee war. Frau Bergen in ihren Alltagskleidern, weder zurechtgemacht noch geschminkt, sieht aus wie eine kranke, vierzigjährige Frau; hätte sie es hingegen gewusst, hätte sie sich Zeit genommen, den anderen etwas vorzumachen, sie hätte eines der schönen Kleider aus ihrem Schrank geholt und angezogen, sie hätte sich hübsch frisiert und Lippenstift in einer Farbe aufgetragen, die ihr steht. Nun aber ist Frau Bergen unvorbereitet den Blicken ausgesetzt, sie sagt ein paar zögernde Worte und fordert die Gäste auf, auf ihr Wohl zu trinken. Das Licht wird wieder gedimmt, und sie nutzt die Gelegenheit, mich am Arm zu nehmen und mit mir zu verschwinden. Wir flüchten uns in die Küche, wo wir erst einmal durchatmen. Frau Bergen bricht in Tränen aus, aber nur kurz – falscher Alarm –, sie fasst sich rasch wieder und lächelt mich an, dann nimmt sie mich ohne unnötige Worte in die Arme, und ich spüre, wie zerbrechlich alles ist, ich begreife, wie schnell ein Fest zum Drama werden kann. Dann nehmen wir uns fünf Minuten Zeit, um uns schön zu machen, unsere Jeans gegen elegante Kleidung auszutauschen. Ich stehe lange vor dem kleinen Kleiderschrank in meinem Zimmer und frage mich, ob ich es wagen soll, das orangefarbene Kleid zu tragen, und schlüpfe schließlich ohne rechte Überzeugung hinein. Der tiefe Ausschnitt und die nackten Oberarme stören mich. Und ich habe auch keine passenden Schuhe. Ich ziehe das Kleid wieder aus und probiere es mit einer schwarzen Hose und einer schwarzen Bluse, rufe mir dann aber in Erinnerung, dass heute der Geburtstag von Frau Bergen ist und nicht ihre Beerdigung. Vielleicht sollte ich etwas mehr guten Willen zeigen, und ich muss an die Worte meiner Mutter denken, die mir von frühester Kindheit an bei jeder Gelegenheit vorhält, ich sei nicht mädchenhaft genug. Ich stehe lange vor dem Spiegel, zu keiner Entscheidung fähig, schwarz oder orange, Kleid oder Hose? Und plötzlich gerate ich in Panik, etwas überwältigt und lähmt mich, und ich ärgere mich, dass ich nicht selbstsicherer sein kann, wie andere gleichaltrige Mädchen auch. Aber ich kann den Abend doch wohl nicht in meinem Zimmer verbringen, nur weil ich nicht weiß, was ich anziehen soll! Ein Klopfen an der Tür, es ist Frau Bergen in einem türkisblauen Kostüm und mit einem gleichfarbigen Tuch in den Haaren. Auf einmal fällt mir auf, was für schöne Augen sie hat, wie die Tränen ihren Blick klarer gemacht haben. Und wieder greife ich zu einer Notlüge. Um ihr eine Freude zu machen, sage ich, ich würde das orangefarbene Kleid ja gern tragen, hätte aber keine passenden Schuhe. Wenige Sekunden später ist sie zurück, mit mehreren Paar Schuhen aus ihrem Fundus, die mir natürlich zu groß sind, aber was bleibt mir anderes übrig? Ich schlüpfe wieder in das Kleid und in ein Paar nicht allzu hochhackige Pumps. Arm in Arm verlassen wir mein Zimmer, als wären wir das Traumpaar des Jahrhunderts, wohl wissend, dass man auf uns wartet. Und zum ersten Mal fühle ich mich frei, merkwürdig leicht; frei, weil ich Ausländerin bin und ein provisorisches Leben habe, ohne Zeugen, ohne Vergangenheit. Ich muss niemandem etwas beweisen. Frau Bergen wird gleich von ihren Freunden in Beschlag genommen, die sie betrachten, ihr Komplimente machen, sich um sie scharen. Ich weiß nicht, wo ich mich hinsetzen soll, was ich machen oder mit wem ich reden soll, aber bei dieser lauten Musik kann man sich sowieso nicht verständigen. Thomas spielt den Diskjockey, legt altmodische, deutsche Schlager auf, die ich nicht kenne, und auch ein paar Songs, die er und ich mögen. Ich verziehe mich hinter die Bar und schenke den Gästen nach, um Herrn Bergen zu entlasten, der nun seine Frau zum Tanzen auffordern kann. Ich öffne Bierflaschen, schenke Wein nach und eine Art Bowle, die wir mit Wodka gemixt haben, ich springe ein, wo nötig. Ich liebe es, hinter der schützenden Bar zu stehen und etwas zu tun zu haben. Ich verstehe nicht immer genau, was die Gäste trinken wollen, manchmal müssen sie mir ins Ohr schreien. Manche wollen noch mehr sagen, aber es ist sinnlos, man versteht sein eigenes Wort nicht, das kann mir nur recht sein. Niemand interessiert sich für mein Kleid, dessen schreiende Farbe in dem Dämmerlicht ohnehin nicht so grell ist, und auch nicht für meine nackten Beine, die man hinter der Bar nicht sieht. Als ich einmal ein paar Sekunden Zeit habe, reinige ich den Tresen, wie ich es in Kneipen schon gesehen habe, ich sammle die leeren Gläser ein und spüle sie, mache den Kühlschrank auf und zu. Ich bin fast wie zu Hause. Es ist, als hätte ich meinen Platz gefunden: im Hintergrund und doch anwesend, auf einem Beobachtungsposten. Sehen und nicht gesehen werden, die ideale Position. Der Abend schreitet fort, es wird Nacht, aber niemand geht. Ich serviere ein Glas Alkohol nach dem anderen. Ich trinke selbst ein Glas Bowle, dann noch eines. Die Luft ist zum Schneiden dick, man kann kaum noch atmen, aber niemand scheint sich an dem Rauch zu stören, auch nicht an der Hitze und dem Krach. Nein, jeder lebt sein Leben und bewegt sich zwischen der Bar, seinem Sitzplatz und der Tanzfläche hin und her, jeder hat seine eigene, ihm gemäße Bahn gefunden und will Frau Bergens vierzigsten Geburtstag offenbar bis zum frühen Morgen durchfeiern. Einer der Freunde der Bergens unterbricht mich in meinem Tun und fordert mich zum Tanzen auf. Ich traue mich nicht, nein zu sagen. Die Musik gefällt mir nicht, ich vermeide es, in Thomas' Richtung zu blicken, ich bin nicht sicher, ob er mich überhaupt gesehen hat. Zum Glück ist die Tanzfläche überfüllt und die Tanzenden rempeln sich dauernd an. Ich fühle den Atem des Mannes, seine feuchten Hände, mit der einen hält er mein Handgelenk, die andere liegt auf meiner Hüfte, ich spüre seinen alkoholisierten Atem an meiner Schläfe, und ich mag es nicht, dass sein Bauch meinen Bauch berührt, obwohl er mich nicht zu eng an sich zieht, er wahrt den schicklichen Abstand, hat aber nun mal einen Bauch. Ich dagegen habe ein Problem, das mich von ihm ablenkt und das es mir unmöglich macht, irgendetwas zu empfinden und mich in einem Zustand totaler Neutralität hält: Ich versuche, meine zu großen Schuhe nicht zu verlieren, das erfordert Geschick und volle Konzentration. Der Mann entfernt sich von mir und tanzt ein paar Sekunden lang allein, dreht sich um sich selbst und greift wieder nach meiner Hand, ich weiß nicht, was ich solange machen soll, also mache ich es wie er, ich bewege mich vor und zurück, ich glaube, es ist ein Mambo, der Träger meines Kleids rutscht mir von der Schulter, meine verschwitzten Haare kleben mir an der Stirn, meine Füße knicken in den Schuhen um, aber trotzdem fühle ich mich wohl als Fremde unter Fremden. Bald bin ich barfuß und gehe zu Thomas, der konzentriert hinter seinen Plattentellern steht, ich vergesse den Mann, der mich zum Tanzen aufgefordert hat, und bewege mich in meinem Kleid vor Thomas hin und her, gebe ihm ein Zeichen, mitzutanzen und ziehe ihn am Arm. Ich erkenne diese junge Frau nicht wieder, die gar nicht mehr reserviert und diskret ist, die neckisch mit den Schultern spielt, ihr Becken bewegt und sich der Tragweite ihres Benehmens offenbar nicht mehr ganz bewusst ist. Ich trete aus mir heraus und wohne dem Schauspiel bei, das diese junge Frau hier abzieht; plötzlich frivol und locker, lässt sie sich davontragen von der undurchdringlichen Nacht und den hämmernden Bässen, die ihren ganzen Körper vibrieren lassen. Diese junge Französin, die barfuß in ihrem schlechtsitzenden, orangefarbenen Kleid tanzt und die es schließlich aufgibt, Thomas auf die Tanzfläche locken zu wollen, die rückwärts wieder zur Tanzfläche geht und in die Arme von Herrn Bergen stolpert, der ihr für einen Augenblick ganz nah ist, versteht nicht, was er ihr ins Ohr flüstert und rennt überstürzt davon, um sich auf der Toilette im Erdgeschoss zu übergeben.

Ich fahre mit meiner Lektüre von *Mein Kampf* fort, auch wenn Simon kein großes Interesse an meiner Entdeckung zeigt. Ich will ihm dennoch eine Zusammenfassung dessen schicken, was Adolf Hitler geschrieben hat, aber das Lesen ist so anstrengend, dass ich manchmal über dem dicken Band einschlafe. Dann verbringe ich einen Teil der Nacht neben *Mein Kampf* und mit dem Wörterbuch auf dem Boden vor dem Bett, fühle mich beim Aufwachen ganz scheußlich und frage mich, was es nützt, wenn ich mich hindurchkämpfe, um zu verstehen, was die Deutschen und ganz Europa erlebt haben. Ich frage mich, ob ich nicht gar die einzige Jugendliche auf der Welt bin, die sich durch die Brutalität dieser Seiten quält, obwohl ich an ganz andere Dinge denken müsste, an das Leben, das mich erwartet, und auf das Glück, frei zu sein. Ich werde das Gefühl nicht los, dass ich mich irgendwie bestrafe. Ich fühle mich schuldig, weiß aber nicht, wofür.

Ich warte, bis alle aus dem Haus sind, bevor ich meine Malsachen auf dem Küchentisch ausbreite. Der Geburtstag meiner Mutter rückt näher, und mir bleiben nur wenige Tage, um das Bild zu malen, das ich ihr schenken will. Herr und Frau Bergen sind gerade weggefahren, nachdem sie etliche Zigaretten geraucht und wieder mal die ganze Luft verpestet haben. Sie fahren zu einem Termin ins Krankenhaus am anderen Ende der Stadt. Ich muss Nina erst um dreizehn Uhr abholen, und somit habe ich den ganzen Vormittag zum Malen. Das Licht fällt schräg zum Küchenfenster herein, und mit einem Mal umfängt mich diese totale Stille, eindringlich und brutal drängt sie sich auf. Ich öffne das Küchenfenster und schiebe die Glastür im Wohnzimmer auf, damit das Haus endlich wieder atmen kann. Dann lege ich den Zeichenblock, die Pinsel und den Aquarellkasten auf den Tisch, ohne die leiseste Ahnung, ob ich etwas Brauchbares zustande bringen werde. Ich habe keine Idee, keine besondere Lust, habe nichts Bestimmtes zu sagen, nur den Wunsch, mich meiner Mutter wieder anzunähern, nun da sie vierzig wird. Ich möchte ihre Glückwunschkarte selbst malen, mir schwebt ein eher kleines Bild vor, etwas Bescheidenes und gleichzeitig Intensives, eine Art Miniatur. Ich will etwas malen, was es noch nicht gibt, eine Harmonie aus neuen Farben, die es bisher noch nicht gab, ich möchte sie überraschen und lege die Messlatte sehr hoch. Es ist neun Uhr morgens, durch das offene Fenster dringt das Gezwitscher der Vögel herein, und ich atme die frische Luft mit vollen Zügen ein. Ein paar Stunden lang werde ich jetzt versuchen, meine Energie, meine Lebenslust und meine Liebe mittels Farben auf Papier zu bannen, um meiner Mutter zu sagen, dass ich an sie denke, trotz der Entfernung, unter der ich ebenfalls leide. Mit meinem Bild will ich ausdrücken, was ich mit Worten nicht sagen kann. Schon seit Tagen habe ich darüber nachgedacht, aber mir ist nichts Passendes eingefallen. Ich frage mich, was ich meiner Mutter zu ihrem vierzigsten Geburtstag wünschen kann. Was bedeutet »Joyeux anniversaire« – ein fröhlicher Geburtstag, wenn einem die Fröhlichkeit, die Leichtigkeit abhandengekommen ist? Ein solcher Glückwunsch hat etwas Dreistes, also besser ein nicht ganz gelungenes Bild malen als ein paar deplatzierte Worte schreiben. Meine Hand zaudert zunächst, als ich mit dem Malen beginnen will, denn ich frage mich, was meine Mutter und mich verbindet, was uns trennt, was uns daran hindert, uns auszusöhnen. Dann, mit allen Zweifeln und allen Ängsten, überziehe ich das Blatt mit gelben und violetten Pinselstrichen und warte darauf, dass die Feuchtigkeit des Pinsels das Ihre tut, ich bewege ihn, ohne zu wissen, was ich tue, ich bringe die Farben auf das Papier, bis eine Silhouette erscheint, ein Profil, eine Bewegung. Ich frage mich, wie *ihr* Schmerz ist im Vergleich zu meinem, ich versuche, mich in meine Mutter hineinzuversetzen, aber alles verschwimmt. Ich bleibe lange am offenen Fenster stehen und starre auf einen Punkt in der Ferne, und das gefällt mir nicht.

Es regnet seit Tagen. Wir gehen jeden Morgen denselben Weg, Nina und ich, in Stiefeln und weiten Regencapes. Nina geht durch jede Pfütze, während ich ihnen ausweiche, ihr scheint der bleierne Himmel nichts auszumachen, ihre Augen sind meist auf den Boden gerichtet, sie hebt ab und zu einen Tannenzapfen oder ein Holzstück auf, das sie als Stock verwendet und das ich dann zurück nach Hause nehmen muss. Dort lege ich Ninas Stock unter das Vordach links neben der Eingangstür, wo Thomas immer sein Moped abstellt. Aber mittlerweile häufen sich dort die Stöcke, die Nina nie mehr anrührt. Frau Bergen steht früher als gewöhnlich auf und scheint trotz des Regens guter Laune zu sein. Seit einigen Tagen ist sie, wenn ich morgens zurückkomme, bereits in der Küche, und ich traue mich dann nicht, in mein Zimmer hinunterzugehen, um zu lesen oder mich noch einmal kurz hinzulegen, obwohl ich noch müde bin. Ich setze mich stattdessen mit einem Becher Kaffee an den Tisch und gehe davon aus, dass es ein langer und langweiliger Tag werden wird, da ich nichts Besonderes zu tun habe. Ich habe keine Lust, mich so früh schon an die Arbeit zu machen, jede Aufgabe kommt mir wie ein Riesenberg vor, den ich versetzen muss, ich habe die Nase voll vom Wäschewaschen, Bügeln, diesem Treppauf, Treppab, dem Hund, mit dem ich Gassi gehe, ohne dass ich es müsste. Ich habe diese bewegungslosen Tage satt, an denen ich mich nur treiben lasse. Ich ertrage die Art nicht mehr, wie diese Familie mich umhüllt und in Besitz nimmt, mich verschluckt, um mich besser zu beschützen. Es erschreckt mich, was allmählich mit meinem Wesen geschieht, ohne dass ich die Kraft hätte, dem zu entgehen. Niemand würde verstehen, warum ich von so netten Leuten weg will. Ich spüre die Gefahr, ohne sie benennen zu können, ohne zu wissen, wo sie genau herkommt. Ich weiß, dass ich große Risiken eingehe, wenn ich hierbleibe, ich spiele mit Streichhölzern, die mich bald verbrennen werden, aber dennoch bleibe ich, ich fühle mich verpflichtet, die vereinbarte Zeit auszuharren, ich bringe die Energie nicht auf, die mich dazu befähigen würde, mich in Sicherheit zu bringen.

Es war mein Vorschlag, den Großvater zu besuchen. Weil dieser Mann meine Neugier geweckt hat. Ich habe das Gefühl, dass ihn ein Geheimnis umgibt, über das niemand spricht. Als müsste er die Wirklichkeit eines ganzen Lebens mit sich nehmen, wenn er geht, als wenn das Alter und der Tod erlaubten, alles auszulöschen, zu leugnen, zu vergessen. Aber die Art, wie dieser alte Herr am Tag seines Auszugs mit mir geredet hatte, die Eleganz, mit der er die paar Worte in perfektem Französisch zu mir gesagt hatte, die Verlorenheit, die er zweifellos verspürt haben musste, all das drängt mich, ihn näher kennenlernen zu wollen. Denn die Schwierigkeiten des Lebens anderer ziehen mich an, weil ich verstehen möchte, wie sie kämpfen, um am Leben zu bleiben, wie manche es ertragen, nichts weiter als eine Erinnerung zu sein und für immer getrennt von denen, die sie verloren haben. Beim Abendessen, als sich der Duft des Bratens mit dem des mittlerweile vertrauten Kohls mischt, frage ich nach dem Großvater, dann noch einmal, sage schließlich unverblümt, dass ich ihn gern wiedersehen würde. Mein Vorschlag löst keine Reaktion aus. Frau Bergen steht auf, um Bier zu holen, Herr Bergen nimmt sich viel Zeit, um das, was er im Mund hat, zu kauen und dann zu schlucken, bevor er Nina fragt, ob sie ihre Scheibe Schweinebraten noch aufessen möchte oder ob er sie von ihrem Teller nehmen soll. Nur Thomas schaut mich an, er scheint verstanden zu haben, worauf ich hinauswill, und fragt sich, wie dieses Abendessen weitergehen wird. Offenbar weiß jeder etwas, was ich nicht weiß, aber niemand ist bereit, über die Vergangenheit zu reden. Nach sehr langem Schweigen sagt Herr Bergen schließlich, ich könne ihn nächste Woche begleiten, wenn er seinen Vater besucht. Er müsse zu ihm, um einige Formalitäten zu erledigen.

Wir fahren durch den Regen, vom Radio geschützt. Wir müssen nicht reden. Ich erkenne den Industriehafen und die Konservenfabriken wieder, an denen ich mit Frau Bergen am Tag meiner Ankunft vorbeigefahren bin. Die Kais sind verlassen, wahrscheinlich weil es in Strömen regnet, und die mitten am Tag brennenden Straßenlaternen verleihen diesen Docks eine Atmosphäre wie aus dem 19. Jahrhundert. Wir lassen den Hafen hinter uns und fahren in Richtung Altstadt. Etwa hundert Meter vor dem Eingang des Altersheims stellen wir das Auto ab, Herr Bergen öffnet seinen großen Regenschirm und bietet mir seinen Arm an. Wir gehen eng nebeneinander und achten darauf, die Pfützen zu vermeiden. Trotzdem sind wir nass, als wir vor dem Zimmer des Großvaters stehen, und ich bin schockiert, als Herr Bergen gleich nach dem Anklopfen eintritt, ohne ein »Herein« abzuwarten. Ich lasse ihn vorgehen und wage zuerst nicht, ihm in die Privatsphäre des alten Mannes zu folgen. Deshalb kommt dieser auf mich zu, öffnet mir ganz weit die Tür und bietet mir einen Stuhl an. Zunächst verstehe ich kaum etwas von der Unterhaltung, als hätten sich meine vier Monate Alltagsdeutsch plötzlich in Luft aufgelöst. Ich erkenne nur wenige Wörter und schließe daraus, dass die beiden Männer Dialekt sprechen, was mir am Tag des Umzugs nicht aufgefallen war. Vielleicht sprechen sie auch eine mir unbekannte Sprache, damit ich sie nicht verstehe. Der Großvater scheint sich gut eingelebt zu haben in seinem Studio im Erdgeschoss, mit Blick auf einen kleinen Garten, auf den der Regen fällt. Was mich stört, ist das mitten im Zimmer stehende Bett, so als reduziere sich ein ganzes Leben auf ein Bett: das Bett, in dem man geboren wird, in dem man Kinder zeugt und in dem man stirbt, womit die Augenblicke größter Intimität im Leben offen zur Schau gestellt werden. Aber der Großvater steht angezogen da. Er entschuldigt sich bei mir auf Französisch, dass er mir nicht viel anbieten kann, und ich antworte, ebenfalls auf Französisch, dass das nicht schlimm sei. Er zieht den Vorhang ein wenig weiter auf, damit wir den Garten besser sehen können, aber die Scheibe ist beschlagen, und das zwingt uns, unseren Blick wieder auf das Zimmer zu beschränken. Die Situation wird schnell unerträglich. Der Großvater ist unsicher, wie er uns bewirten, wie er sich verhalten, in welcher Sprache er reden soll. Er steht in den zwanzig Quadratmetern seines Zimmers, stützt sich leicht auf einen Bettpfosten, als er ein Stück geht, holt sich ein Taschentuch, um seine Brille zu putzen und verstummt schließlich ganz. Nach ein paar peinlichen Minuten des Schweigens fragt er mich, ob ich aus Paris komme. Und um ihn nicht zu enttäuschen und ein Gespräch in Gang zu bringen, sage ich ja, ich wohne mit meinen Eltern in Paris. Dann will er wissen, wer mein Vater und meine Mutter sind, was sie machen, in welchem Stadtviertel wir wohnen, wie ich mit Nachnamen heiße. Er fragt mich, ob ich Geschwister habe. Er will auch wissen, warum ich ausgerechnet Deutschland gewählt hätte, wo es in Europa noch andere Zielorte gäbe. Ich antworte auf Französisch, erfinde eine Adresse in Paris in dem einzigen Viertel, das ich kenne, Montparnasse, wo meine Cousine Danielle wohnt. Ich übersetze einzelne Bruchstücke für Herrn Bergen, damit er sich nicht ausgeschlossen fühlt, erzähle auch die eine oder andere meiner kleinen Lüge oder biete ihm somit eine recht pauschale Zusammenfassung ohne unangenehme Details an. Der Großvater sagt, Paris sei für ihn die schönste Stadt auf der Welt und dass er sich nie davon erholt habe, dass er sie damals verlassen musste, aber er schildert keine Einzelheiten, gibt nichts preis. Er erwähnt nur, dass er damals während der Besatzungszeit als Flieger nach Paris gekommen war und nach Kriegsende noch ein paar Monate dort gelebt hat. Ich vermute, dass es nicht nur die Schönheit der Stadt war, die ihn in Frankreich bleiben ließ. Ich verstehe nicht ganz, was er mir wirklich sagen will, und denke mir nur, dass es für einen Deutschen nach Kriegsende völlig undenkbar gewesen sein muss, in Frankreich zu bleiben. Während wir reden, steht Herr Bergen auf und geht aus dem Zimmer, als würde ihn unsere Unterhaltung langweilen. Es ist übrigens keine richtige Unterhaltung, es sind eher ein paar Sätze zwischen zwei Menschen, die nicht auf derselben Stufe stehen: der eine kennt die Gewalt der Nazi-Vergangenheit und hat sie am eigenen Leib erlebt, der andere steht erst am Anfang seines Weges, weiß bereits alles über Gewalt und nichts über die Nazi-Vergangenheit. Wir stehen auf, um das Zimmer zu verlassen, und ich biete dem Großvater meinen Arm an, um ihn zu stützen. Als wir über die Schwelle treten, sagt er in einem Ton, der das ganze Ausmaß seines Schmerzes ausdrückt, er habe damals eine Französin geliebt. Ich antworte mit einem einfachen »oui«. Und plötzlich merke ich, wie verletzbar es mich macht, Französisch zu sprechen, ich spüre, dass es mich empfindlich macht, als bewegte ich mich einen Schritt seitlich, wieder auf mich zu, als klebte ich die Stücke neu zusammen. Ich habe Angst, dass der Großvater von seinen Emotionen überwältigt werden könnte. Aber nein, der alte Mann hat natürlich längst gelernt, seine Gefühle im Zaum zu halten. Wir heben den Kopf, er und ich, setzen dem Ansturm der Vergangenheit ein Ende und gehen schweigend durch den Gang, wir lassen unsere Toten außer Reichweite der Sprache, an einem Ort, der nur uns selbst gehört. Wie immer spricht man nicht über die wirklich wichtigen Dinge, denke ich mir, man hält sich lieber vage, lässt die anderen raten. In der Empfangshalle des Altersheims stoßen wir auf Herrn Bergen und setzen uns an einen kleinen Tisch. Ich mustere Herrn Bergen verstohlen und frage mich, ob seine Mutter womöglich Französin war. Er zieht Papiere aus seiner Tasche und legt sie auf den Tisch, Formulare unterschiedlicher Größe und Farbe. Die beiden Männer vergessen mich und beschäftigen sich mit diesen Papieren, vermutlich Verwaltungskram. Sie verfallen wieder in ihren Dialekt, ich stehe auf, gehe durch den Raum, in dem noch andere alte Menschen sitzen, und stelle mich ans Fenster. Von dort aus schaue ich dem Regen zu. Als hätte ich mit meinen siebzehn Jahren nichts Besseres zu tun.

Simons Brief, der heute Morgen gekommen ist, gibt mir neue Kraft. Seine Verliebtheit macht mich richtig neidisch; wie sehr wünsche ich mir, dass ein Junge so von mir sprechen würde wie er von Edith! Aber seit Leos Unfall gelingt es mir nicht mehr, mich lebendig zu fühlen. Mein Körper ist wie verkrampft, meine Sinne haben sich so weit zurückgezogen, dass ich eine ganz andere geworden bin, ein Mädchen, dessen Gesten ihr inneres Chaos verraten. Seit Leo nicht mehr da ist, ertrage ich es nicht mehr, dass man mir Aufmerksamkeit schenkt, ich bemühe mich zu verschwinden, ich wäre am liebsten nicht mehr aus Fleisch und Blut, um meinen Körper nicht mehr herumtragen zu müssen, wäre lieber nur noch Geist und komplett unsichtbar. Kein Junge setzt sich der Gefahr aus, sich für mich zu interessieren, ich mache ich ihnen ohne Zweifel Angst. Ich hätte nie gedacht, dass Leo, als er noch lebte, einen so großen Einfluss auf mein Leben haben könnte. Solche Dinge weiß man nicht. Ich dachte, ich sei von Natur aus unbekümmert und leichtfertig, und das würde ewig so bleiben. Bekannte, die Probleme, fixe Ideen oder Komplexe hatten, waren in meinen Augen bedauernswerte, arme Dinger, um die man besser einen großen Bogen macht. Ich dachte, manche Leute seien interessant, andere nicht, manche anziehend, andere nicht. Für mich gab es auf dieser Welt nur zwei Sorten von Menschen: Gewinner und Verlierer. Nie hätte ich gedacht, dass man von der einen Kategorie in die andere fallen könnte, dass man unvermittelt zum Schatten seiner selbst werden kann, auch wenn man einige Tage zuvor noch voller Leben war. Erst heute kann ich ermessen, wie schwierig es ist, bei sich zu bleiben, sich wiederzuerkennen, die sterbliche Hülle, die noch als Körper dient, nicht zu hassen, und die neue Haut zu akzeptieren, in die man geglitten ist und die einem so schlecht passt. Ich verachte dieses zerrupfte Wesen, als das ich mich nunmehr wahrnehme, so, als wäre mir eine Hautschicht nach der anderen abgegangen, bis nur noch wundes, rohes Fleisch sichtbar ist. Ich lese Simons Brief jetzt noch einmal, weil er mich wieder zurück ins Leben zieht, auf das unvorstellbare Glück des Liebens zu, und instinktiv denke ich mir, dass ich das auch erreichen möchte. Vermutlich habe ich diese vielen Kilometer nur deshalb zurückgelegt, um mich zu verlieren, aber vielleicht auch, um mich zu finden; um mich dieses Mädchens zu entledigen, das ich geworden bin, scheu und durchsichtig, verletzlich, unberechenbar, ein Mädchen voller Widersprüche, innerlich zerrissen, keines Wunsches und zu keiner Entscheidung fähig. Ich möchte nichts mehr wissen von dem Mädchen, das sogar so weit gegangen ist, auf seine Sprache zu verzichten, damit die Metamorphose stattfinden konnte, das sogar seine Vergangenheit abstreifte, den Eltern neue Berufe andichtete, über den Ort seiner Herkunft log, das seine Brüder nie erwähnte, weder den lebenden noch den toten. Nun aber, da ich jede Nacht auf Deutsch träume, die Anpassung vollzogen ist und ich ein hybrides Wesen geworden bin, nun, da ich in eine fremde Kultur eingetaucht, um nicht zu sagen in ihr untergegangen bin, möchte ich das Französische wiederfinden, die Sprache, in der ich mit meiner Mutter telefoniere, in der mir Simon schreibt, die mich mit Leo verband. Ich möchte endlich fähig sein, meine schlechten Träume abzuschütteln, mich der deutschen Wörter zu entledigen, die wie Wickel oder Umschläge wirken, eigenartige Bandagen, die zeigen, dass ich nur noch eine Mumie bin. Es ist Zeit, dass ich das Mädchen wiederfinde, das ich bin. Nicht die, die ich früher war, mit all ihren Erwartungen, sondern jemand, der keine Angst vor seinen Gefühlen hat, die aufhört zu fliehen und den Blick der anderen erträgt. Eine große Schwester, die sich endlich trauen würde zu weinen.

Ich würde gern Gleichaltrige kennenlernen. Ich bin noch zwei Monate hier, und die Erwachsenen laugen mich aus. Ich brauche junge Menschen, Siebzehnjährige mit Problemen von Siebzehnjährigen, Hoffnungen, Ängsten und Enttäuschungen. Ich möchte Jugendliche kennenlernen, die gut drauf sind, die Sport treiben, Partys organisieren, laute Musik hören, Alkohol trinken und Sex haben. Junge Leute, deren Tage sich zwischen Schule und Freunden abspielen, die so wenig Zeit wie möglich mit ihrer Familie verbringen, ihren Vätern und Müttern aus dem Weg gehen, ab und zu die Türen knallen, sich in ihrem schwarzgestrichenen Zimmer einschließen. Ich möchte junge Leute treffen, die sich den Luxus erlauben können, sich mit ihren Lehrern oder Eltern anzulegen, mit der ganzen Gesellschaft, ja, junge Leute, die rebellieren – eigentlich die normalste Sache der Welt. Ich möchte wie sie sein, mit ihnen zusammen sein, mit ihrer Umgebung verschmelzen. Aber ich gehe in die Stadt und finde niemanden, ich gehe durch die Geschäfte und sehe niemanden, ich trinke einen Tee in einem *Kaffeehaus* und komme mit niemandem in Kontakt. Ich bleibe allein auf den Straßen der Innenstadt, sitze allein in der Stadtbücherei und werde von niemandem angesprochen, der mich meinem Schicksal entreißen könnte. Ist es so, wenn man eine Fremde ist? Führt man ein paralleles Leben, ist nicht erwünscht, lebt auf der anderen Seite, hinter einer Glasscheibe, und schaut zu, wie sich die Welt ohne einen dreht? Wo sind die Gleichaltrigen? Sie bleiben unter sich, in ihren Schulen, ihren Sportvereinen und ihren Diskotheken. Sie brauchen mich nicht, wissen nicht einmal, dass es mich gibt. Wie kann ich an sie herankommen?

Könnte ich mit anderen Jugendlichen über *Mein Kampf* sprechen, sofern ich endlich welche träfe? Würde ich es wagen? Sähe es nicht womöglich so aus, als würde ich ihnen etwas vorhalten, für das sie genauso wenig verantwortlich sind wie ich? Diese Gedanken schwirren mir durch den Kopf, abends in meinem Zimmer, während ich mehrmals die Sätze lese, die mir so furchtbar erscheinen und über die ich gern mit anderen Jugendlichen sprechen würde. Ich frage mich, ob alle, die *Mein Kampf* gekauft haben, es auch gelesen haben. Durch Recherchen in der Bücherei erfahre ich, dass das Buch in Deutschland zwischen 1925 und 1945 über zehn Millionen Mal verkauft wurde. Der Staat hat es sogar allen Paaren zur Hochzeit geschenkt. Ich erfahre außerdem, dass es in ungefähr fünfzehn Sprachen übersetzt wurde und dass die französische Version verfälscht wurde, damit die Franzosen nichts von Hitlers wahren Absichten erfuhren. Und ich merke, dass Thomas Mann seinen *Zauberberg* ein Jahr vor dem Erscheinen von *Mein Kampf* veröffentlicht hatte, vorher hatte ich nicht auf diese Jahreszahlen geachtet.

Ich habe nicht nein gesagt, als Thomas mir eines Abends vorschlug, mit ihm auf Andreas' Party zu gehen, seinem Freund, der manchmal zu ihm kommt und mit dem er Musik macht. Diesmal habe ich nicht vorgegeben, dass ich Angst vor dem Mofafahren habe, auch nicht, dass ich arbeiten muss oder Kopfschmerzen habe. Thomas leiht mir ein Paar Lederhandschuhe und einen Helm ohne Visier, ich warte, bis er den Motor angelassen hat, ehe ich mich hinter ihm auf den Gepäckträger setze. Nina findet es zum Schieflachen, dass ich mit ihrem Bruder wegfahre, sie ist sogar etwas eifersüchtig. Wir fahren am Waldrand entlang, die Straße ist feucht, aber Thomas fährt gut und hält sich an Frau Bergens Ermahnung, ja kein Risiko einzugehen. Das Mofa fährt leise, es ist noch hell und die Tannen werfen lange Schatten über die Straße, wie immer kurz vor Sonnenuntergang. Ich habe beide Arme um Thomas geschlungen, versuche aber, ihn nicht zu umklammern, ich will nicht, dass er meine Anwesenheit spürt. Ich tue so, als fühlte ich mich total wohl, gehe in den Kurven leicht mit, lasse mich unbekümmert über die fast leere Straße fahren. Uns kommen nur wenige Autos entgegen, alle schon mit Scheinwerferlicht, hier fährt man offenbar Tag und Nacht mit eingeschalteten Scheinwerfern. Ich staune darüber, wie gut ich mich fühle, die frische Luft steigt mir etwas zu Kopf, als Thomas beschleunigt, aber es ist ein herrliches Gefühl und ich genieße Thomas' Nähe. Nach einigen Kilometern fahren wir über einen Bahnübergang und rutschen um ein Haar weg, und ich stoße einen Schrei aus, dann fahren wir das letzte gerade Stück an einem kleinen Fluss entlang und gelangen schließlich auf einen Weg aus gestampfter Erde voller Kieselsteine und Pfützen. Ich hebe die Füße hoch, um keine Spritzer abzubekommen, die Arme noch immer um Thomas' Taille geschlungen, und wappne mich innerlich dafür, jeden Augenblick abzuspringen, falls der Weg zu uneben werden sollte. Wir kommen auf dem Hof eines großen Hauses an, als die Sonne gerade verschwindet, und wir parken das Mofa in der Nähe von anderen Zweirädern. Wir holen die mitgebrachten Flaschen aus den Packtaschen und gehen zur Haustür. Andreas' Eltern öffnen uns die Tür, und wir unterhalten uns eine Weile mit ihnen in der Küche. Sie freuen sich, dass eine Französin zu Besuch gekommen ist. Dann gehen wir in den Kellerraum, wo die Party stattfindet und wo bereits ein gutes Dutzend Heranwachsender versammelt sind. Ein kurzer Blick sagt mir, dass ich die Älteste bin, aber noch sind ja nicht alle da. Wir stellen die Sodaflaschen auf einen Tisch an der Wand, setzen uns auf eine der Bänke und harren der Dinge, die da kommen. Die Musik ist schon so laut, dass man sich kaum unterhalten kann. Ich kenne nur Andreas und Gunther, die beiden Freunde von Thomas. Die Mädchen sind blond und tragen kurze Röcke über Strumpfhosen. Ich hole mir etwas zu trinken in einem Plastikbecher, setze mich dann wieder auf die Bank und wippe im Takt zur Musik mit dem Fuß. Niemand tanzt, es ist noch zu früh, niemand spricht, nur ein paar Jungen lachen in einer Ecke, an eine Tür gelehnt. Andreas läuft mehrmals nach oben und kommt mit den Armen voller Proviant in den Keller zurück. Ich frage ihn, ob ich ihm helfen kann, nur um etwas zu tun zu haben. Ich unterhalte mich ein bisschen mit seinen Eltern, ich weiß nicht, wie der Abend verlaufen wird, bin aber noch voller Hoffnung. Weitere junge Leute treffen ein, mit Handschuhen und Helm, sie kommen mir im Treppenhaus entgegen. Andreas dreht an den Spotlights herum, und plötzlich befinden wir uns in einem abgedunkelten Raum mit bläulichem Licht. Die Musik gefällt mir nicht, es ist ein recht dumpfer Heavy Rock, zu dem man unmöglich tanzen kann. Im Übrigen wagt sich kein Mensch auf die Tanzfläche, jeder schlendert nur hin und her, meist an den Wänden entlang, setzt sich ab und zu woandershin, ein Glas Bier oder eine Cola in der Hand. Andreas, als guter Organisator, überwacht das Geschehen, ohne sich zu einem bestimmten Grüppchen zu gesellen. Thomas scheint mich vergessen zu haben. Nachdem er mich seinen Freunden vorgestellt hat, lässt er mich auf der Bank sitzen, weil er vermutlich denkt, dass ich alt genug bin, um mich allein behaupten zu können. Doch ich kann nichts einsetzen, weder Worte noch Blicke oder meine Körpersprache, nein, ich bin nur ein zitteriger Schatten in bläulichem Licht, ohne Gesicht und ohne Lächeln. Ich beginne zu ahnen, dass dieser Abend nicht sehr spannend wird, und der Altersunterschied zwischen mir und den anderen Gästen ist nicht zu übersehen. Ich gehöre nicht mehr in ihr Lager, bin keine richtige Heranwachsende mehr, aber auch noch nicht ganz erwachsen; ich schwebe zwischen zwei Welten, die sich nicht wirklich treffen, ich stehe zwischen zwei Entwicklungsstadien, die sich überlagern und gegenseitig aufheben. Zwei Lebensräume, die sich gegenüberstehen, so dass ich bisweilen auf der Strecke bleibe. Ich hoffe noch immer, dass auch Leute meines Alters kommen werden, gewinne aber immer mehr den Eindruck, dass nur Klassenkameraden von Andreas und Thomas eingeladen sind, die maximal fünfzehn Jahre alt sind. Ich stehe auf und schenke mir noch ein Glas ein, beobachte, was um mich herum passiert, wie die einen auf die anderen zugehen, wie die Körper sich anziehen oder abstoßen. Ich begreife plötzlich, dass ich die Einzige bin, die keiner kennt, doch das merkt man nicht, niemand schaut mich neugierig an, man schenkt mir keine Aufmerksamkeit, nichts, ich spüre nichts. Die Tatsache, dass ich ein Mädchen bin, könnte einige der Jungs, auch wenn sie jünger sind, neugierig machen, aber nein, die Jungen hier scheinen sich noch nicht für Mädchen zu interessieren, sie bleiben unter sich in der Nähe des Plattenspielers und sind mit den LPs zugange, die sie aus ihren Hüllen holen und wieder hineinschieben. Die Mädchen scheinen sich auch nicht sonderlich für die Jungen zu interessieren, ich verspüre lediglich eine gewisse Kameradschaftlichkeit; hier erinnert nichts an die Atmosphäre der Partys, auf denen ich in Frankreich war, wo es in erster Linie um das Spiel der Verführung ging. Seit ich in Deutschland bin, hat sich kein Junge für mich als potentielle Freundin interessiert, nein, ich hatte von einem Tag auf den anderen das Gefühl, nicht mehr zu existieren, ich sah mich verschwinden. Liegt es an meinen kurzen Haaren und meiner androgynen Ausstrahlung? Oder hat es schon davor begonnen und ich habe es nur nicht bemerkt? Wann haben die anderen aufgehört, mich anzusehen? Ein paar Mädchen beschließen zu tanzen, werfen ihre Haare im Takt zur Musik um die Schultern, einige Jungs treten nach vorn, gehen in die Knie und tun unweigerlich so, als würden sie ein Gitarrensolo mit höchst komplizierten Akkorden spielen, einer lässt sich auf den Boden fallen, windet sich, indem er virtuell weiterspielt und die anderen auffordert, es ihm nachzumachen. Und es dauert nicht lange, bis sich alle Jungs in *guitar heroes* verwandelt haben. Die Bewegungen der tanzenden Mädchen werden selbstsicherer, und bald schon gehen alle in den sonoren

Rhythmen auf, die die Wände des Kellerraums zum Beben bringen. Ich schaue zuerst nur zu, ohne mitzumachen, doch weil ich nicht als Spielverderberin dastehen will, mische ich mich unter die Tanzenden und tanze zu »Highway to Hell« von AC/DC, während ich tapfer mitsumme. Dann trinke ich aus Langeweile, ich mag kein Bier, versuche aber, in eine andere Stimmung zu kommen, die mich mitreißt, wie sie die anderen mitreißt. Der Abend geht mit einer Aneinanderreihung von hektischen Songs weiter, und ich zwinge mich, auf der Tanzfläche zu bleiben, obwohl mir inzwischen klargeworden ist, dass ich von diesem Abend nichts mehr zu erwarten habe; ich bin inzwischen davon überzeugt, dass mich kein Mensch ansprechen wird und dass auch ich niemanden anspreche, in dem Gefühl, dass ich die Welt der Adoleszenz vermutlich hinter mir habe, dass sich das Blatt gerade wendet, was ich deutlich spüre, als ich sehe, wie sich die Jungen auf dem Boden wälzen, wie die Mädchen an ihren Röcken herumzupfen, und als ich auf die Mineralwasserflecken auf der zerrissenen Papiertischdecke starre.

Thomas' Mofa springt nicht auf Anhieb an. Ich frage mich, ob er vielleicht zu viel getrunken hat, doch er versichert mir, dass ich mir keine Sorgen zu machen brauche. Ich setze mich hinter ihn und wir fahren die Strecke in umgekehrter Richtung, in der Kälte einer mondlosen Aprilnacht. Wir fahren an einem Tannenwald vorbei, dann an einem kleinen Birkenhain, aber die Nacht ist schwarz, und ich habe Angst, dass ein Tier ins Scheinwerferlicht rennen könnte. Alle hier reden davon, dass Wildschweine eine Menge Unfälle verursachen. Ich habe den Eindruck, dass wir schneller fahren als vorhin, was daran liegen könnte, dass die Straße etwas abfällt. Wir fahren wieder über den Bahnübergang. Ich achte darauf, dass ich mich nicht zu fest an Thomas klammere; ich halte mich zurück, obwohl ich Lust verspüre, mich festzuhalten und meinen behelmten Kopf an seinen Rücken zu legen. Ich entspanne mich, ich weiß, dass uns nichts passieren kann, ich bin mir sicher, dass er mich versteht, ich weiß, dass er mich mag. Ich habe ihm nichts von Leo erzählt, ich lehne mich an Thomas, der durchaus auch Leo sein könnte; aber ich bin nicht blöd, ich weiß wohl, dass Thomas mir nicht helfen kann, wie unsinnig dieses dämliche Spiel ist. Trotzdem stelle ich mir einige Minuten lang vor, dass ich auf Leos Mofa sitze, wie früher, als meine Mutter uns nachrief, ja gut aufzupassen, die wenigen Male, als Leo mich ans andere Ende unseres Stadtviertels fuhr, wo ich meine Gitarrenstunden hatte. Ich sitze an Leos Rücken gelehnt und drücke ihn an mich, rieche die vertrauten Gerüche: Benzin, die frische, mit Feuchtigkeit durchtränkte Luft, der Asphalt nach einem Regen; ich lehne mich an Leo, und zum ersten Mal laufen mir Tränen über die Wangen, die der Fahrtwind an meine Schläfen fließen lässt, als wir nun fast geräuschlos das letzte Stück hinuntergefahren. Liegt es daran, dass ich etwas getrunken habe? Oder an der Müdigkeit? Oder an dem, was mir an diesem Abend klargeworden ist? Ich weine, doch es tut nicht weh. Es sind unsere beiden Körper, die sich im Moment so nahe sind und die dieses Gefühl ausgelöst haben, unsere lebendigen, ungeduldigen Körper. Als wir das Haus betreten, erwartet uns Herr Bergen im Wohnzimmer. Wir sagen ihm nur kurz, dass wir einen schönen Abend hatten; unfähig, mehr zu sagen oder im hell erleuchteten Wohnzimmer zu bleiben, trennen wir uns dann und gehen schlafen.

Wir bringen Frau Bergen zum Bahnhof. Ich erinnere mich noch gut, wie vereist der Boden war, als ich damals, vor vier Monaten, aus dem Zug stieg, und wie beunruhigend ich das viele Weiß fand. Der Schnee ist geschmolzen, doch die Wolken hängen so tief und jagen schnell über den Himmel, und der Wind ist so heftig, dass uns die wenigen Meter, die wir zu Fuß gehen müssen, unmöglich weit erscheinen. Wir müssen eine kurze Flaute zwischen zwei Windstößen abwarten, um bis zum Haupteingang rennen zu können, der in die große Bahnhofshalle führt. Herr Bergen trägt den kleinen Koffer und geht sehr behutsam damit um. Was wohl darin ist? Frau Bergen wirkt angespannt, ist sehr schweigsam, kontrolliert mehrfach die Abfahrtszeit ihres Zuges. Sie hält Nina an der Hand, ich habe Angst, dass Nina sich im letzten Moment an sie klammert und sie nicht gehen lassen könnte. Thomas wollte nicht mitkommen; als wir wegfuhren, lag er noch im Bett. Herr Bergen ging zweimal zu ihm hoch, es gab einen kurzen, lauten Wortwechsel, den man sogar unten in der Küche hörte, dann nichts mehr. Danach kam Herr Bergen wieder nach unten, bedrückt und niedergeschlagen. Frau Bergen fährt zu ihren Eltern, und über der kurzen Reise von achtundvierzig Stunden liegt eine seltsame Schwere. Ich verstehe noch immer nicht alles. Einen Teil der Unterhaltung im Auto habe ich nicht mitbekommen, ich weiß nicht, ob es einen besonderen Grund für Frau Bergens Reise gibt oder ob sie regelmäßig zu ihren Eltern in den Osten fährt. Wieder einmal habe ich keinen Zugang zur Realität, ich versuche das, was ich glaube zu wissen und das, was ich mir denke, in Übereinstimmung zu bringen, was unweigerlich zu einer romanhaften Version führt. Ich erfinde jedes Ereignis von neuem, indem ich es erlebe, verleihe ihm die Bedeutung, die mir gelegen kommt, ich interpretiere und jongliere so geschickt von einer Vermutung bis zu einer logischen Schlussfolgerung, dass mich das Leben hier nicht wirklich erreicht, dadurch kommt es natürlich zu einer Phasenverschiebung; ich schwebe in einer Parallelwelt, die mich verschont, mich abseits hält, mich schützt, mir aber auch die schlimmste aller Einsamkeiten beschert. Mir gefällt die Vorstellung, dass Frau Bergen nicht häufig in den Osten fährt, ich glaube, dass es eher selten vorkommt, weil die Behörden sicher eine Menge Papiere verlangen. Mich wundert auch, dass sie allein fährt, als hätte sie eine Mission zu erfüllen. Bei uns würde man nie allein verreisen, meine Eltern kleben stets aneinander, obwohl ihnen das Zusammenleben so schwerfällt, und wir Kinder saßen immer unweigerlich auf der Rückbank. Mir gefällt der Gedanke, dass das Leben hier gefährlicher ist als das Leben in Frankreich, weil der Osten, die Mauer und die Wachtürme so nah sind, die sichtbaren Konsequenzen der Geschichte, während in Frankreich nichts zu sehen ist, nichts gesagt wird; fast so, als hätte es den Krieg nie gegeben. Ich frage mich plötzlich, wie meine Familie ihn erlebt hat, ich frage mich, warum wir nie darüber gesprochen haben. Sonntags haben wir bei den Großeltern im Fernsehen Sportsendungen geschaut, das Turnier der fünf Nationen, das Tennis-Open, wir haben vor dem Grand Prix der Formel 1 Kuchen gefuttert, ohne den Krieg auch nur am Rande zu erwähnen, das ist kein Gesprächsthema. Außerdem hatten wir noch Algerien, aber da gab es keine Gefallenen, keine Helden, nur die vertuschte Depression meines Vaters seit seiner Rückkehr aus Aurès, die aber vermutlich nichts mit Algerien zu tun hat, wie meine Mutter sagen würde, sondern vielleicht nur eine »Nachwirkung« ist, woher soll man das wissen? Ein Begriff, um den wir lange herumgeschlichen sind, meine Brüder und ich, die »Nachwirkung«, und das so intensiv, dass wir daraus eine kraftvolle Mythologie gebastelt haben, bestehend aus all dem Ungesagten, das wir im Laufe der Jahre am Küchentisch aufgeschnappt haben. Aus ungesagten Dingen, aber auch aus Wörtern, die im Raum schwebten, aus Andeutungen, Anspielungen und dem kleinen Karton mit Fotos, der im elterlichen Schlafzimmer im Nachttisch eingeschlossen ist.

Frau Bergen ist schön, das ist mir gleich bei meiner Ankunft aufgefallen, und ich habe es auch danach Tag für Tag festgestellt, aber heute ist sie noch schöner, als ihre Augen immer wieder zu den Zeigern der großen Bahnhofsuhr huschen, ihre müden Augen mit den Schatten, die ihrem Gesicht einen Hauch von Tragik verleihen. Ich liebe die Eleganz dieser Frau, über deren Haupt ein Damoklesschwert schwebt, die von ihrem Mann nicht aus den Augen gelassen wird, die er tollpatschig liebt und auf ergreifende Art begleitet. Ich nehme gern am Leben dieser komischen, verlorenen Menschen teil, die von allem überfordert sind, zaudern und im Übermaß und in der Schönheit ehrlicher, aber leerer Gesten leben. Das liebe und fürchte ich zugleich, ich fühle mich angezogen und abgestoßen, befinde mich in einem sonderbaren Gemütszustand. Frau Bergen steigt in den Zug, wir stellen uns vor das Fenster, wie in den Filmen ohne Happy-

End, und warten auf das Signal zur Abfahrt, damit die Abschiedsszene auch wirklich filmreif ist und sich in unser Gedächtnis eingräbt. Wir wohnen der Abreise bei, die die Schwere einer zu intensiven Emotion und die Idee einer ungewissen Wiederkehr in sich trägt.

Mein Vater ist am Telefon nicht sehr gesprächig. Zuerst denke ich, dass er sich verpflichtet fühlt, mit mir zu reden. Es ist meine Mutter, die mich an ihn weiterreicht, nach stabilen, beruhigenden und absolut kontrollierten zehn Minuten, zu denen nur meine Mutter fähig ist. Sie hat von den Osterferien erzählt, die in Frankreich anstehen, und dass sie eine Woche Urlaub nimmt, um durchschnaufen zu können, wie sie hinzufügt und gleich noch erwähnt, dass sie nicht unbedingt erschöpft ist, zurzeit aber Probleme mit ihrem Chef hat; nach außen hin sei alles in Ordnung, aber es würde ihr nicht schaden, für einige Tage den Problemen im Betrieb zu entfliehen. Sie stellt Fragen, die sie wie üblich auch selbst beantwortet, lässt keinen Raum für Ungesagtes, fürs Luftholen, keine Möglichkeit zum Schweigen oder für Gefühle, nur keine vertane Zeit! Sie sagt mir, dass sie sich etwas ausgedacht habe für ihre freien Tage, sich aber nicht sicher sei, ob es eine gute Idee ist. Dann gibt sie mir Papa, das soll Papa mit mir besprechen, sie gibt das Baby an den Papa weiter, dessen Stimme ich plötzlich im Hörer höre, übergangslos; ich bin im Wohnzimmer der Bergens, der Fernseher läuft, drei Personen sitzen davor, die Erwachsenen und Nina, und ich habe direkt hintereinander meine Mutter und meinen Vater in der Leitung, unmittelbar nach dem Abendessen. Ich habe den Tisch noch nicht abgeräumt; Thomas hilft mir ohne großen Eifer, stellt den Quark, den wir nicht aufgegessen haben, in den Kühlschrank zurück und macht die Tür mit einem leichten Fußtritt zu; Herr und Frau Bergen zünden sich je eine Zigarette an und blasen den Rauch in meine Richtung, während ich die Stimme meiner Mutter, dann die meines Vaters höre, kurz nach halb neun Uhr abends, wenn das Telefonieren billiger ist. Und mein Vater, von dem ich seit Wochen nichts mehr gehört habe, erklärt mir mit fast fröhlicher Stimme, dass Mama und er planen, mich während ihrer Osterferien in Deutschland zu besuchen. Ah. Tiefes Luftholen. Die Bergens scheinen ganz auf das Geschehen auf dem Bildschirm konzentriert und halten im gleichen Augenblick wie ich kurz inne, und ich glaube, dass mein Kopf oder mein Blick oder meine Gesten oder mein Zittern verraten, welche Panik plötzlich in mir aufsteigt. Ich weiß nicht, warum, es geschieht instinktiv, unmittelbar, automatisch, aber ich nehme meinem Vater sofort den Wind aus den Segeln. Ich wende den Bergens den Rücken zu, damit sie mein Gesicht nicht sehen können und nicht Zeuge meiner verwirrten, heftigen Gefühle werden, als ich meinem Vater erkläre, dass es leider nicht geht, wirklich schade, aber ausgerechnet da würden wir mit den Kindern eine mehrtägige Reise nach Berlin machen, da ja auch hier Osterferien sind; ja, die Sache sei schon seit längerem geplant, es gehöre mit zu meinen Pflichten, die Kinder zu begleiten, ich könne jetzt nicht mehr absagen, wir würden mit dem Bus hinfahren; ich zähle einige weitere Details auf, um mein Ammenmärchen zu untermauern, ich könne Herrn Bergen nicht enttäuschen, dessen kranke Frau zu schwach sei, um sich um Nina und Thomas zu kümmern. Da mein Vater schweigt, frage ich, ob er noch dran ist, ich denke, dass die Leitung zusammengebrochen ist, aber nein, er hört sich meine weiteren Erklärungen an, und ich frage mich, ob er meine Anspannung spürt oder ob er mir jedes Wort glaubt, ich frage mich, ob ihm meine Absage im Endeffekt nicht sogar gelegen kommt. Er insistiert nicht, schlägt keine Alternative oder eine andere Lösung vor, die Reise zu verschieben zum Beispiel, oder ihren Urlaub, nein, er seufzt nur und sagt, dass das sehr schade sei, sie hätten so gern den Norden Deutschlands kennengelernt, das wäre eine gute Gelegenheit gewesen, aber es sei ja nur ein spontaner Einfall gewesen, sagt er, eine vage Idee, die Idee deiner Mutter, um ganz genau zu sein, sie wird enttäuscht sein, und als wir auflegen, sind wir beide beschämt, dass dieses Telefonat so jämmerlich endet und keiner von uns den Wunsch nach einem Wiedersehen verspürt hat.

Nachdem ich aufgelegt habe, bleibe ich noch eine Weile neben dem Telefon sitzen, spüre im Rücken die Blicke der Bergens, schäme mich für das, was ich gerade getan habe. Dann stehe ich auf und räume die Küche fertig auf, mein Bauch schmerzt, alles in mir tut weh. Ich verstehe nicht, warum ich den Vorschlag meiner Eltern so rigoros abgelehnt habe, ich fühle mich grausam und schuldig. Ich schäme mich für das, was ich zu meinem Vater gesagt habe, dafür, dass ich ihm einen Korb gegeben habe. Ich fühle mich noch mieser, als mir klarwird, dass diese Reise für meine Eltern vielleicht eine besondere Bedeutung gehabt hätte, vielleicht wäre sie nur ein Vorwand gewesen, etwas gemeinsam zu unternehmen, ein gemeinsames Ziel zu haben und endlich einmal aus ihrer Wohnung herauszukommen. Der mögliche Beginn eines neuen Lebens? Ich dagegen habe ich nur an mich gedacht, mich von meiner Angst leiten lassen, bin in Panik geraten, wollte mich ein weiteres Mal schützen, mir meine Eltern vom Hals halten, ich hatte Angst, sie würden mich nur benutzen, um sich wieder einander anzunähern; Angst vor ihrem erneuten Zueinanderfinden, vor ihren Bemühungen, die Schwere zu besiegen. Ich habe einfach nur deshalb nein gesagt, um sie nicht mehr als Paar erleben zu müssen. Ich konnte nicht akzeptieren, dass ihre Partnerschaft kaputt war, und genauso wenig würde ich akzeptieren können, dass ihre Bindung wieder enger wird. Das will ich nicht sehen. Ich will nicht, dass sie mich sehen. Ich fürchte, sie würden mich nicht wiedererkennen.

Ich ertrage es nicht mehr *Mein Kampf* zu lesen, ich möchte das Buch gern loswerden und nicht mehr mit nach Frankreich nehmen. Ich kann mit niemandem hier darüber reden, will auch nicht damit über die Grenze fahren, und Simon zeigt nicht das Interesse, das ich erhofft hatte. Er stellt keine einzige Frage, reagiert auf keine der Passagen, die ich für ihn abgeschrieben habe. Dabei habe ich gewissenhaft einige Randepisoden des Buches geschildert, ich habe Simon gesagt, dass Hitler mit dreizehn den Vater verlor und mit fünfzehn auch noch die Mutter, ich habe es nicht kommentiert und mich gefragt, ob die schrecklichen Ereignissen, die folgten, etwas damit zu tun gehabt haben könnten. Natürlich hätte ich mit Simon diese Frage gern diskutiert, gestehe aber, dass sie so abwegig ist, dass man ihr lieber ausweicht. Ich habe Simon berichtet, dass Hitler sich ständig auf die Begriffe »Moral« und »Würde« berief, als wäre er deren alleiniger Verwahrer, womit er natürlich erreichen wollte, dass wir mehr auf seine Worte achten, als über sein Tun urteilen. Ich habe ihm erzählt, dass Hitler keinen Hehl daraus machte, wie er sich seine geplanten Propagandamaßnahmen vorstellte, wie er die Macht der Zeitungen beschwor, die schnell bereit waren, die Massen zu manipulieren, was er von Reden hielt, effizienter als jedes geschriebene Wort, und wie er Bücher und Literatur beurteilte, die sich seiner Meinung nach nur an die »Einfaltspinsel und Dummköpfe der intellektuellen Klassen« richten. Ich dachte, dass Simon, der davon träumt, Journalist zu werden, auf solche Informationen erpicht wäre. Ich habe ihm auch geschildert, was Hitler alles in die Wege leiten wollte, um das gute Funktionieren des von ihm geplanten »Rassenstaats« zu gewährleisten, in welcher Form er das Bildungswesen und die Lehrpläne reformieren wollte, um seine »Unterrichtsprinzipien« einzuführen. Ich habe Simon erzählt, warum Hitler die Lehrpläne als zu schwerfällig und die Anzahl der Unterrichtsfächer als zu wichtig erachtete. Hitler schlug vor, dass man dem Erlernen von Fremdsprachen weniger Gewicht gibt, den Geschichtsunterricht modifiziert und das Fach Staatsbürgerkunde in »Vaterlandskunde« umtauft. Ich habe ihm auch berichtet, wie Hitler seine langsame »Bekehrung« zum Antisemitismus schildert. Aber Simon scheint nicht darauf zu reagieren, ich glaube, dass sich sein Leben woanders abspielt. Es fällt mir schwer zu begreifen, warum ich offenbar die Einzige bin, die in diesem Buch etwas sucht. Ich glaube, dass niemand Bescheid wissen will, ganz so, als gehörte die Bedrohung durch den Faschismus der Vergangenheit an. Ich lege *Mein Kampf* ganz unten in meinen Koffer, und obschon ich keines der Worte vergessen kann, die ich Abend für Abend entschlüsselt habe, nehme ich mir vor, vorläufig an andere Dinge zu denken.

Die Kassette, die Simon mir geschickt hat, ist magisch. Keine Musik hat jemals diese Wirkung auf mich ausgeübt. Ich spule sie zurück und höre sie mir immer und immer wieder von neuem in meinem abgedunkelten Zimmer an. Die Gruppe heißt *The Cure*, das Album *Seventeen Seconds*. Ich werde geradezu süchtig danach. Es ist ein Schlag in die Magengrube, der gleichzeitig gut und weh tut, ein Wunder, das mich durchdringt, umhüllt, wiegt, mich gleichzeitig aber auch gegen eine Mauer schleudert. Ich sinke in die Musik ein, wie ich in das Wasser eines Flusses eintauchen würde, und unter meinen blinden Augenlidern sehe ich dann Bilder einer langen Reise, einer Zugfahrt möglicherweise, im ersten Licht des Tages, eine endlose Reise, nur durch unsichtbare, rhythmische Pulsschläge gegliedert. Es ist sehr dunkel am frühen Morgen der Musik von *The Cure*, eine Dunkelheit, durch die Blitze, sprühender Zorn und Hemmungen zucken. Ich spüre meinen Herzschlag an meine Schläfen klopfen, der mich erdrückt, fesselt, in meinen ganzen Körper ausstrahlt, um urplötzlich einem unverhofften Leuchten Platz zu machen, der strahlenden Helligkeit einer Lichtung mit üppigem Gras, die ich mit meiner für das Ende der Adoleszenz typischen Schwermut betrete. Ich drehe die Lautstärke auf, und der satte Klang, der an meine Ohren dringt, die eindringliche Rhythmik dringt in jede meiner Zellen ein, erfasst meine sämtlichen Blutkörperchen, die roten vermischen sich mit den weißen, und ich bin nur noch eine formlose Masse, die einige Zentimeter über meinem Bett schwebt. Ich löse mich auf, verwandle mich, und die Stimme, die zu mir dringt, sagt mir mehr als alle Stimmen, die ich bisher hörte, die Stimmen der Eltern und Brüder, und dennoch ist das, was Robert Smith ausdrückt, dessen englische Wörter mich nur von Zeit zu Zeit erreichen – *calling my name*, *somebody else*, *lost in a forest* –, sein eindringliches Timbre, sein Zaudern, mir so seltsam vertraut, dass ich das Gefühl habe, er hätte meinen derzeitigen Zustand in Musik umgewandelt, meine Gliedmaßen verlängert, die Komplexität der Verwirrung eines Mädchens eingefangen, das für immer siebzehn Jahre alt ist.

An diesem Morgen geht es Nina nicht gut. Es ist Samstag, und bis jetzt ist noch niemand aufgestanden. Ich trödle seit einigen Minuten im Wohnzimmer herum, mit nackten Füßen auf dem Teppichboden, mit meiner Kaffeetasse, die auf dem Couchtisch kalt wird, während hinter den Fensterscheiben der Regen fällt. Es ist der erste Tag der Osterferien. Naphta liegt neben mir. Nichts eilt. Ich gehe davon aus, dass sich der Tag bis zum Abend endlos in die Länge ziehen wird, ohne dass irgendetwas geschieht. Ich habe vor, in die

Stadt zu fahren, um Batterien für meinen Kassettenrekorder zu kaufen, Körperlotion und andere Dinge, die ein Mädchen so braucht. Da taucht Nina oben an der Treppe auf, in ihrem Schlafanzug, mit aufgeknöpftem Oberteil. Sie hat ihre Puppe in der Hand, und ihre Wangen sind gerötet, als hätte sie geweint. Sie kommt einige Stufen herunter, zögert dann aber, zu mir zu kommen. Sie geht wieder eine Stufe hinauf, kommt zwei herunter, und treibt dieses Spielchen mehrere Minuten lang hinter meinem Rücken. Dann ist sie endlich unten und streckt sich in meiner Nähe auf dem Sofa aus, zieht die Knie an und wirkt in dieser Stellung trotz ihrer Größe wie ein ganz kleines Kind. Nina reagiert auf keine meiner Fragen, also lasse ich sie in Ruhe und gehe auf die untere Toilette. Als ich wieder herauskomme, liegt Nina auf dem Teppichboden, und ich frage mich, wie man sie wieder zum Aufstehen bewegen kann. Sie will nicht reden, will weder angesprochen noch angeschaut werden. Als der Briefträger geklingelt hat und einen Schritt in den Flur kommt, spielt sie ein leidendes, stöhnendes Kind, der Länge nach ausgestreckt, Arme und Beine ausgebreitet. Ich habe Mühe, den Mann davon zu überzeugen, dass alles in Ordnung ist, dass die Leute, die in diesem Haus wohnen, nur etwas speziell sind, dass man hier wie in Zeitlupe lebt, dass grundsätzlich nichts getan wird, das nicht auch noch bis zum nächsten Tag warten kann. Ich nehme den großen braunen Umschlag entgegen und quittiere den Empfang. Als der Briefträger wieder geht, lässt er eine Wasserpfütze im Eingangsbereich zurück. Ich gehe mit dem Aufwischlappen drüber und frage mich, was wohl in dem Umschlag ist, der an Frau Bergen adressiert ist und von einem Labor für medizinische Untersuchungen kommt. Gibt es eine Verbindung zwischen dem Umschlag, den ich auf den Tisch lege, und den Schmerzen, die Nina auf dem Teppichboden vortäuscht? Ich könnte aus dem Haus gehen und den Bus nehmen, ich könnte einen Zettel auf dem Tisch hinterlassen, ich könnte Nina Bescheid sagen, ich könnte aber auch wortlos verschwinden, doch ich warte geduldig, bis die Türen im oberen Stockwerk aufgehen werden, im Bad das Wasser läuft, endlich der Holzfußboden im Gang knarrt. Und während ich warte, lege ich Wurst, Salatblätter und Käse, den ich in kleine Würfel schneide, auf einen großen Teller, den ich dann auf den Tisch stelle. Ich koche Kartoffeln in einem Topf und verrühre einen Quark mit Schnittlauch und Knoblauch. Ich nehme Nina an der Hand, und wir gehen zusammen in ihr Zimmer, wo sie mir den Alptraum erzählt, der sie nicht schlafen ließ. Sie hat von einer Mauer im Wald geträumt, hinter der ihre Mutter war und ganz laut gerufen hat, aber niemand hat sie gehört. Ich erkläre Nina, dass ihre Mutter doch da ist, im Zimmer nebenan, und dass sie sicher bald aufwachen wird. Doch es ist Thomas' Zimmertür, die sich als Erste öffnet. Er geht pinkeln, dann kommt er zu uns, mit noch verquollenen Augen und einem Abdruck seines Kissens auf der Wange. Wortlos setzt er sich auf den Boden. Dann hebt er den Kopf, schaut mich an und fragt, wann ich nach Frankreich zurückkehren werde. In seiner Stimme liegt ein fast aggressiver Unterton. Ich erkläre Thomas, dass sich mein Abreisedatum nicht geändert hat, Anfang Juni, kurz bevor der Sommer beginnt, werde ich gehen.

Es ist das erste Mal, dass wir zu fünft in den Supermarkt gehen. Den Einkaufswagen zu füllen ist eine fast unmögliche Aufgabe. Ich habe Angst, dass wir den ganzen Abend hier zubringen könnten. Herr Bergen sieht wie eine Statue aus, die den Haltegriff des Einkaufswagens umklammert, Frau Bergen hängt am Arm ihres Gatten, und die beiden laufen planlos durch die Gänge, während Nina den Wagen mal nach rechts, mal nach links zieht, Müslipackungen, Karamellpudding und Farbstifte haben möchte. Frau Bergen weiß nicht, ob sie ja oder nein sagen soll, sie ist meist unentschlossen, Herr Bergen tritt kaum bestimmter auf, er scheint mit seinen Gedanken ganz woanders zu sein, aber wo? Thomas verschwindet immer wieder und taucht dann wieder auf. Ich habe die Einkaufsliste in der Hand, die Frau Bergen und ich zusammen geschrieben haben, lang und kompliziert, mühselig, aber komplett. Herr Bergen ist mitgekommen, um uns zu helfen, die Milch und das Bier zu tragen, den Orangensaft und das Mineralwasser. Ich versuche zu ergründen, wie man sich in diesem riesigen Supermarkt zurechtfinden kann, in den wir nur selten gehen; wenn ich könnte, würde ich allein einkaufen gehen, doch für die Bergens ist das Ganze offenbar eine Art Ausflug, als müssten sie Zeit totschlagen. Sie halten den Einkaufswagen bei jeder Gelegenheit an, verweilen vor den Hi-Fi-Geräten, vergleichen die Videorekorder, und anschließend interessiert sich Frau Bergen für die Koffer und erwartet, dass ihr Mann ihr verschiedene Modelle von Reisetaschen präsentiert, wenn möglich nicht zu wuchtig, mit Taschen und Rollen. Sie inspiziert die Taschen mit kritischer Miene, schüttelt schließlich den Kopf und kann sich noch nicht entscheiden. Der Einkaufswagen ist immer noch leer, wir müssen das Obst und Gemüse aussuchen und abwiegen, an Tee und Kaffee denken, an Kuchen, Tiefkühlkost, wir brauchen Fleisch, Wurst, Käse und Eier, und dafür müssen wir Meter um Meter von Gängen zurücklegen. Dann ist Frau Bergen plötzlich müde und möchte sich setzen. Sie scheint am Ende ihrer Kräfte. Vor diesem Moment habe ich mich gefürchtet, ich dachte seit Tagen, dass man ihr ihre Krankheit etwas anmerkt. Ich habe zeitweise fast daran gezweifelt, dass die Diagnose wirklich stimmt, da mir die Krankheit unsichtbar und zahm erschien und Frau Bergen trotz der Therapie nicht alle Haare verloren hat. Wenn man sie so sieht, käme man nie auf die Idee, dass sie Krebs hat. Sie bindet sich zwar immer häufiger ein Seidentuch um den Kopf, aber ich kam nicht auf die Idee, dass es etwas mit der Chemotherapie zu tun haben könnte. Dieses Wort ist im Übrigen nie gefallen, ein Wort, das mir sicher aufgefallen wäre, wenn ich es gehört hätte, aber vielleicht habe ich wieder einmal das Gegenteil von dem verstanden, was vor sich geht. Frau Bergen kann nicht weitergehen. Wir müssen sie unverzüglich irgendwo hinsetzen – Stuhl hin oder her –, aber wohin auf den zweitausend Quadratmetern eines riesigen Supermarkts? Herr Bergen führt sie zu den Stufen eines Podests in der Textilabteilung, zu Füßen von Mannequins in frühlingshaften Kleidern und mit Perücken in unterschiedlichen Farben. Frau Bergen atmet schwer, doch sie will kein Aufheben, damit sich die Kinder keine Sorgen machen. Herr Bergen bleibt bei ihr, während ich mit Nina, der Liste und dem Einkaufswagen im Laufschritt durch das Geschäft eile. Bei einigen Produkten zögere ich, andere vergesse ich, weil ich möglichst schnell fertig sein will. Sie soll die Panik der Erwachsenen nicht bemerken, die Angst in ihren Augen, Herrn Bergens völlige Unfähigkeit, die Eile, mit der der Einkauf erledigt werden muss. Es folgt der höchst langwierige Gang zur Kasse, die Suche nach einer Kreditkarte, die keiner in seinem Portemonnaie findet, dann nach den Wagenschlüsseln, die ebenfalls verschwunden sind. Ich weiß nicht, ob Nina und Thomas gemerkt haben, wie schlecht es ihrer Mutter geht, doch auf dem Nachhauseweg sagt niemand ein Wort. Ich sitze zwischen den beiden Kindern auf der Rückbank und starre auf die Straße und gleichzeitig auf den Tachometer, der mir bestätigt, dass Herr Bergen wie in Zeitlupe fährt, vor jedem Zebrastreifen abbremst. Ich begreife nicht, wie er es schafft, das Gaspedal nicht durchzudrücken, um nach Hause zu rasen, seiner Frau auf das Sofa zu helfen und dann sofort den Notarzt zu rufen. Wie schafft er es nur, beim Fahren hochkonzentriert auf den Verkehr zu achten und immer wieder gewissenhaft in den Rückspiegel zu schauen, als er genau in der vorgeschriebenen Geschwindigkeit am Waldrand entlangfährt? Ich bewundere Herrn Bergen, aber gleichzeitig spüre ich eine unerträgliche Anspannung in mir. Der Rhythmus dieser Familie ist wahrlich nicht der meine, ihr Tempo ist mir unerklärlich, ihr Sinn fürs Überleben absolut fremd. Ich sitze verkrampft auf der Rückbank, betrachte Frau Bergens Profil und hoffe von ganzem Herzen, dass ihre Diagnose nur falscher Alarm war.

Hier wie in Frankreich ist der Frühling die Jahreszeit mit dem meisten Regen. Man glaubt, dass man nach der langen, winterlichen Leidenszeit endlich von Licht und Helligkeit verwöhnt wird, nach den vielen frustrierenden Tagen, die bereits mitten am Nachmittag abgeschnürt werden, und Windböen, die einen erstarren lassen und verkrampft machen: Man glaubt, dass es endlich milder werden wird, doch die angekündigte Milde ist nur eine sich ständig verzögernde Hoffnung, man muss sich weiter in Geduld üben und abwarten, bis sich der Regen ausgetobt hat. Durch das Klappfenster meines Zimmers fällt kaum Licht, weil der Himmel so schwer ist, Feuchtigkeit dringt durch die Mauer und sickert an der Wand herunter, und ich trage seit Tagen einen moderigen Geruch mit mir herum, mit dem sich auch meine Bettwäsche und meine Kleidung vollgesogen haben. Ich sage mir dauernd, dass es nicht so schlimm ist, denn der Frühling sei da, ich könne ihn nur noch nicht sehen; ich sage mir, dass es eine Sache von wenigen Tagen ist, dass ich nur durchhalten muss, ohne groß zu denken; ich muss jeden Morgen die lange Regenjacke anziehen, mit geschlossenen Augen, unter einem Regenschirm an der Bushaltestelle auf Nina warten und nicht darauf hoffen, dass in einem Dunstschleier über dem Wald eine kurzfristige Aufhellung verborgen sein könnte. Man muss trotzdem weiterleben, wie ein noch junges Tier, immer wieder dasselbe tun, ohne darauf zu hoffen, bald den warmen Sonnenschein genießen zu können, einen Schritt nach dem anderen machen, die Zeit durchqueren, ohne zu zählen. Aber dennoch schiele ich mit einem Auge auf den Kalender und weiß nicht, ob ich über meine baldige Abreise froh oder traurig bin. Ich nehme es mir übel, dass ich wegen des Regens schwermütig werde; stundenlang liege ich unter meiner Bettdecke und höre Musik, seit Frau Bergen nach ihrer Operation zur Erholung an einen speziellen Ort gefahren ist. Ich warte darauf, bis Herr Bergen am Morgen das Haus verlässt, ehe ich, nachdem ich einen Kaffee getrunken und einige Worte mit ihm gewechselt habe, wieder in mein kleines Kabuff hinuntergehe, der Versuchung nicht widerstehen kann und noch einmal unter meine Decke krieche. Dann höre ich, wie über mir der Regen auf den Kies auf dem Hof fällt und sich mit dem Geruch des feuchten Grases und den Benzindämpfen vermischt; meistens fallen mir die Augen noch einmal zu und ich lasse mich einlullen von den Stimmen, den E-Gitarren und den Synthesizern, die meine wenigen Quadratmeter ausfüllen. Anschließend warte ich, bis Nina aus der Schule kommt und bin dann bis zum Abend beschäftigt.

Seit Frau Bergen nicht mehr hier ist, hat sich die Rolle eines jeden verändert. Innerhalb weniger Tage sind die Konturen klarer geworden. Mit der Leere, die Frau Bergen hinterlassen hat, hat sich etwas verkrampft, und ich bin eine Frau geworden, die Frau des Hauses. Ich bin nicht mehr die zweite Besetzung, eine Person, die man herbeiruft oder wegschickt, von der man erwartet, dass sie Wogen glättet, einen von der Langeweile ablenkt; nein, seit Frau Bergen abends unter einem anderen Dach einschläft und leidet, wie ich annehme, muss ich die Pflichten erfüllen, die von einer Frau im Haushalt erwartet werden, und ich spüre, dass mich die Kinder mit anderen Augen sehen, ich spüre ihre Besorgnis, um nicht zu sagen ihren Argwohn. Vor meiner Ankunft waren die Bergens zu viert, und nun wohnen wieder vier Personen in diesem Haus. Vier Personen sitzen abends am Tisch, vier sitzen im VW-Bus, vier vor dem Fernseher. Es ist, als sei Frau Bergen ersetzt worden, noch ehe sie gestorben ist. Zumindest empfinde ich es so, und ich kämpfe gegen diese natürliche Entwicklung der Dinge an, nehme mich zurück, um nicht langsam in Frau Bergens Haut zu schlüpfen, ich habe Angst, dass ich mich mit jedem Tag unwillentlich mehr verliere auf diesem Weg, der mich mit offenen Armen empfängt.

Zum Glück entpuppt sich Thomas als der Stachel im hübschen Bild der fast wieder zusammengesetzten Familie, das uns bedroht. Unbewusst weiß er zu verhindern, dass sein Vater und ich eine Art Paar bilden, ein Erwachsenen-Duo, das zwangsläufig unerträglich ist. Nein, Thomas will nicht, dass ich ihm entfliehe, dass ich das Lager und die Position wechsle. Er verbringt mehr Zeit zu Hause, geht mir beim Kochen zur Hand, kommt zu mir in den Waschkeller, wenn ich die Wäsche aufhänge. Aber das ist nicht alles. Was er mir an diesem Tag vorschlägt, als sich der Himmel endlich etwas aufklart, ist wie ein Geschenk für mich, er spricht von einer Überraschung. Da es endlich aufgehört hat zu regnen, sagt Thomas, ich solle mich hinter ihn auf sein Mofa setzen, wie an dem Abend von Andreas' Party. Ich stülpe mir den Helm über den Kopf und fahre mit ihm los, ohne zu fragen, wohin es geht. Wir fahren nach Westen diesmal, wo ich noch nie war, nehmen gleich nach dem Bahnübergang die Abzweigung nach links und fahren dann über eine gewundene schmale Straße, gesäumt von Wiesen, die vor Nässe glänzen. Thomas muss mittreten, als die Straße über eine lange Strecke steil ansteigt, aber dafür geht es dann wieder bergab, und wir beugen uns nach vorn, um noch schneller zu werden. Ich habe keine Angst, wenn ich hinter Thomas sitze, ich vertraue ihm voll und ganz, als könne mit ihm zusammen nichts schiefgehen. Ich war erleichtert, als wir das Haus hinter uns ließen, und froh über die kleine Abwechslung. Thomas lenkt sein Mofa auf einen schmalen, schlecht geteerten Weg, und ausgerechnet in dem Moment, als unter uns eine dunkelgrüne Wasserfläche schimmert – das ruhige Wasser eines kleinen Sees, einsam in der Nähe eines Birkenwalds gelegen –, bricht die Sonne durch. Wir stellen das Mofa oben an der Böschung ab, nehmen die Helme ab und gehen die letzten Meter zu Fuß. Als wir am Ufer stehen, sagt Thomas: »Das ist der See ohne Grund. Wer darin eintaucht, kann sich etwas wünschen, und dieser Wunsch geht in Erfüllung.« Ich lasse ihn das Wort »Wunsch« wiederholen, um sicher zu sein, dass ich ihn richtig verstanden habe. Ich weiß nicht recht, warum Thomas wollte, dass ich ihn begleite. Wir schweigen, ich wage Thomas nicht zu fragen, was er von mir erwartet. Ich kann mir nicht vorstellen, dass wir uns tatsächlich in das eisige Wasser wagen werden. Ich betrachte die sich leicht kräuselnde Wasseroberfläche, die Wolken, die von einem schwachen Wind am Himmel entlanggetrieben werden. Die Sonne scheint nur ab und zu hindurch, und mehr als zehn Grad haben wir sicher nicht. Ich glaube immer noch, dass Thomas' Vorschlag, in diesem See zu baden, ein Scherz war. Ich setze mich am Ufer auf meinen Helm, die Füße im dichten Gras, und sehe, dass Thomas sich tatsächlich auszuziehen beginnt. Zuerst denke ich, er tut nur so, spielt mir eine Komödie vor, blufft, um mich zu testen. Will er mich eventuell sogar verführen? Doch dann sehe ich ihn ohne zu zögern barfuß durch die Binsen gehen. Er hat nur noch die Unterhose an, und seine weiße Haut bibbert in dem gedämpften Tageslicht. Er geht vorsichtig, bewegt Arme und Schultern, um sich zu wärmen, und holt mehrmals tief Luft. Als er bis zu den Oberschenkeln im Wasser steht, dreht er sich zu mir und fragt mich, worauf ich noch warte. Sein Gesicht ist zuerst ernst, dann lächelt er, er lächelt mich an, ruft mich, streckt die Arme nach mir aus, erinnert mich daran, dass ich mir dann etwas wünschen darf. Ich schüttle mehrmals hintereinander den Kopf; nein, ich kann nicht zu ihm gehen, das wäre Wahnsinn, und außerdem würde mir auf die Schnelle auch kein Wunsch einfallen. Ich kann niemanden retten, Leo ist schon tot, aber das weiß Thomas natürlich nicht. Im Falle von Frau Bergen kann ich noch hoffen, ich kann meine Mutter retten und auch meinen Vater und warum nicht auch mich selbst? Thomas ruft, es sei kalt, ich müsse mich beeilen, und an seinem Tonfall merke ich, dass er keinen Witz macht, ich spüre das Dringliche in seiner Stimme. Ohne lange zu überlegen, springe ich auf, öffne den Gürtel meiner Jeans, ziehe Pulli und Bluse aus und mache ein paar Schritte auf Thomas zu. Ich mag das Gefühl unter den Füßen nicht, das feuchte Gras, dann das kalte Wasser, die klebrigen Algen, den Eindruck, zentimeterweise in dem mich einhüllenden Schlamm zu versinken, doch ich gehe angewidert weiter, kann keinen Rückzieher mehr machen, ich steige in das kalte Wasser und merke bald schon gar nichts mehr. Dann bin ich bei Thomas, der mir die Hand entgegenstreckt. Ich ergreife sie, lasse sie nicht mehr los und lasse mich auf Thomas' verrückten Vorschlag ein, in den See ohne Grund einzutauchen, trotz des Risikos, dass er unsere Körper verschlingt und wir niemals mehr an die Oberfläche kommen. Hand in Hand waten wir noch ein Stück weiter und tauchen dann gemeinsam und laut schreiend bis zum Hals in das eisige Wasser ein. Unsere Körper sind hellwach, und in der Angst, ein Ungeheuer könne nach unseren Beinen schnappen und uns festhalten, rennen wir zur Uferböschung zurück. Mir ist, als würde ich verbrennen, als Thomas mir ein Handtuch aus seinem Rucksack reicht. Zähneklappernd trockne ich mich ab, mein Herz klopft zum Zerspringen, und ich lache übermütig und noch sprachlos vor Staunen über unsere Heldentat. Ich lache, weil Thomas mir so nah ist und wir nun dieses klitzekleine Geheimnis miteinander teilen. Ich fühle mich so wohl mit ihm, dass es mir fast Angst macht. Ich schaue ihn an, und als ich wieder in meinen Pullover schlüpfe, merke ich, dass er mich so verwirrt hat, dass ich vergessen habe, mir etwas zu wünschen. Ja, ich habe das Wichtigste vergessen und nicht im Traum daran gedacht, einen Wunsch zu formulieren.

Nach unserem heimlichen Bad geht das Leben im Haus weiter, trübsinnig und langweilig, mit sonntäglichen Besuchen bei Frau Bergen, mal mit mehr, mal mit weniger Hoffnung. Und immer diese Sprachlosigkeit zwischen uns. Herr Bergen sitzt beim Abendessen meist stumm am Tisch, kümmert sich kaum um die Kinder. Thomas, der mir so nah gewesen war, hat sich wieder von mir entfernt, denn offenbar kränkt es ihn, dass ich bald nach Frankreich zurückfahre. Eines Morgens fragt er mich unverblümt, ob ich wirklich gehen muss. Und Nina, meine Nina, meine kleine verstörte Heldin, verlangt als Einzige nach ihrer Mutter. Dieser düstere Ausklang während meiner letzten Wochen hätte sich auch so entwickeln können, dass ich mich in Gewissensbisse und in Bedauern darüber gestürzt hätte, dass ich Thomas nicht mehr geben konnte, obwohl ich vor Lust fast platzte, ich hätte meine Tage und Nächte damit zubringen können, mich zu fragen, ob ich nicht doch bleiben soll, ob mein Leben hier nicht mehr Sinn hätte als daheim in Frankreich, hier, wo Thomas' Verlangen mich faszinierte und mir gleichzeitig Angst machte; ich hätte reglos das Ende abwarten und mich damit begnügen können, zu bügeln und Gemüse zu schälen, ich hätte einer düsteren Passivität erliegen und sogar das Lesen aufgeben können, das Denken und den Drang, immer alles verstehen zu wollen … hätte Herr Bergen nicht urplötzlich die künstliche Balance gesprengt, die sich allmählich eines jeden von uns bemächtigt hatte – uns vier, die wir von Frau Bergen unserem Schicksal überlassen worden waren, hilflos und ohnmächtig.

Es passiert eines Abends, nachdem ich lange in Ninas Zimmer gewesen war, wo wir gemeinsam Bilderbücher angeschaut haben und ich ihr vorgelesen habe, bis sie endlich eingeschlafen war. Nachdem Nina aus den Büchern genügend Wörter und Bilder geholt hatte, genügend Gefühle und Stoff, um die Ängste zu verdrängen, an denen sie Tag für Tag leidet. Es passiert, nachdem ich auch Thomas eine gute Nacht gewünscht habe, ohne zu wissen, wie es ihm wirklich geht. Er sitzt nur noch über seine Gitarre gebeugt da, mit immer längeren Haaren und einem feurigen Blick. Nachdem ich auch Herrn Bergen eine gute Nacht gewünscht habe, der halb liegend, halb sitzend auf dem Sofa im Wohnzimmer war, die Fernbedienung des Fernsehers in der Hand und eine Whiskyflasche auf dem Couchtisch. Es passiert erst danach. Und ich werde es nie mehr ungeschehen machen können.

Nach diesem Abend, an dem ich nach unten in mein Zimmer gegangen war, wo ich die Tür zugemacht und mich auf mein Bett gesetzt habe, als ahnte ich, dass der Tag noch nicht ganz zu Ende war. Als fehlte noch ein Abschluss, ein Schlusspunkt, eine Distorsion. Ich sitze mit dem Rücken an die Wand gelehnt da, mit angezogenen Knien, ohne etwas Besonderes zu tun, und nehme mir gerade vor, an Simon zu schreiben, sobald ich die nötige Energie haben würde, mich zu erheben und mein Briefpapier aus dem Schrank zu holen. Ich sitze also da, unschlüssig und verletzlich, auch müde, will aber noch nicht schlafen, sondern lasse die Minuten an mir vorbeigleiten, verharre bewegungslos und warte vermutlich darauf, dass etwas geschieht. Ich denke an Thomas, habe aber nicht den Mut, etwas zu provozieren. Thomas ist zu jung, er könnte Leo sein. Ich warte, ohne es zu wissen, ich tue nichts anderes als atmen. Das Telefon hat seit fast zwei Wochen nicht mehr für mich geläutet, ich zähle zwar nicht die Tage, kenne aber die Abstände, die mein Innerstes misst, ich kenne die Intervalle zwischen den gewechselten Wörtern, ich kenne die Ratlosigkeit, die diese erzwungenen Telefonate in mir auslöst, meist mit meiner Mutter, ich kenne aber die Leere, die das Fehlen von Wörtern in einem hervorruft. Ich sitze also hier, ohne etwas zu empfinden, den Rücken an die Tapete gepresst, die sich an manchen Stellen schon ablöst, ich höre den Regen fallen, der noch immer nicht aufhört, den Regen dieses Frühlings, der kein Ende nehmen will und auch nicht nachlässt, der bald den Weg überfluten und die Straßengräben überschwemmen wird, der Regen, der an unseren fröstelnden Rücken hinunterrieselt, unter unsere Haut und in unsere Köpfe dringt. Ich sitze also untätig auf dem Bett, als an meine Tür geklopft wird, und ich höre Herrn Bergen flüstern: »Darf ich reinkommen?« Ich antworte nicht, ich erstarre nur, ich habe keine Lust zu reden, irgendetwas zu tun, mit der Einsamkeit konfrontiert zu werden, die er seit der Abreise von Frau Bergen zweifellos verspürt, ich habe keine Lust, ihm zuzuhören, ihn zu verstehen, Anteil zu nehmen; das Leben der Erwachsenen hat nichts mit mir zu tun, ich will nichts von ihren Sorgen und ihren schmerzlichen, ständig wiedergekäuten Erinnerungen hören, ich weiß nicht, warum, aber es ist eine instinktive Abwehr, am liebsten würde ich mir die Ohren zuhalten, und deshalb beginne ich zu zittern.

Ich könnte mich schlafend stellen und nicht öffnen, aber ich stehe auf, als sei es meine Pflicht, aus Gehorsam vielleicht, weil Herr Bergen hierarchisch gesehen mein Chef ist und ich seine Bedienstete, er ist der Gebieter, ich die Untergebene. Er ist der Erwachsene, ich die Heranwachsende. Kurzum, ich öffne die Tür, und von diesem Moment wird der Regen nie mehr aufhören zu fallen.

Herr Bergen entschuldigt sich für sein Kommen, er sagt, er schaffe es nicht, ins Bett zu gehen, er sagt, eigentlich hätte er nicht kommen dürfen, er zögert, verhaspelt sich und sagt noch einmal, er könne nicht schlafen. Ich bleibe stumm, ich weiß nicht, was ich darauf antworten könnte, umso mehr als mir klar ist, dass der Mann nicht mehr ganz nüchtern ist und mein Deutsch nicht ausreicht, um die Worte zu finden, die in einer solchen Situation angemessen wären. Er fragt, ob er sich setzen darf, nur einen Moment, präzisiert er, und lässt sich schwerfällig auf mein Bett fallen, ohne meine Antwort abzuwarten. Da erst sehe ich die Tränen, die sein Gesicht gerötet haben, seine ohnehin schon plumpen Züge noch mehr deformieren, und ihm bis in den Bart rollen. Seine Augen haben einen merkwürdigen Glanz. Herr Bergen weint und lässt den Kopf zwischen die Hände sinken, verbirgt sein Gesicht, nachdem er es mir gezeigt hatte. Es dauert nicht lange, bis sein Geruch das kleine Zimmer füllt, und ich würde am liebsten das Klappfenster öffnen, um mich ihm nicht so nahe zu fühlen, damit etwas frische Luft zwischen ihm und mir durchweht, aber ich wage es nicht, als sei mein Zimmer plötzlich konfisziert worden, ich weiche nur an den Schrank zurück, und mehr als dieser eine Schritt ist mir nicht möglich, aber danach sind wir immer noch keine zwei Meter voneinander entfernt. Ich bleibe stehen, er bleibt sitzen, oder besser gesagt, kauert kraftlos auf meinem Bett, und ich weiß nicht, was ich mit der mitgenommen aussehenden menschlichen Masse anfangen soll, mit der ich an diesem Abend konfrontiert bin, die in meinen Raum eindringt, meine Luft und meine Privatsphäre für sich beansprucht. Ich weiß nicht, wie ich hier atmen soll, wo er atmet, wo er weint und schnieft, und deshalb halte ich die Luft an, mache mich so klein wie möglich, verwandle mich in eine Schnecke, die sich in ihr Schneckenhaus zurückgezogen hat. Dorthin, wo die Sprache mir weiterhelfen könnte und ich ihm ebenbürtig wäre, dorthin, wo Wörter und ihre Aneinanderreihung Wunder bewirken könnten, dorthin, wo Worte um das Eigentliche herumführen, Distanz schaffen und ablenken könnten. So aber fühle ich mich hilflos, ja, geradezu meinem Körper entflohen, ich komme mir restlos blöd vor, wie ein Mädchen, das nur mittels seines Körpers existiert, nicht mittels seiner Stimme, seiner Sätze, Intonationen; ich bin wie behindert, ich kann mir mittels des Spielerischen der Sprache einen Weg bahnen zu einer Tür, die ins Freie führt, ich kann Herrn Bergen nicht aus seinem Stimmungstief holen, seinen Zustand nicht entschärfen, ich kann nichts ins Feld führen außer meinem Blick und meinen Fäusten, habe nur meine Finger oder Haare zu bieten. Er hebt den Kopf und blickt mich an, streckt einen Arm aus, nimmt meine Hand und hält sie fest, sagt, wie sehr er unter der Einsamkeit leidet. Mit seiner Geste hat er mich gezwungen, einen Schritt nach vorn zu machen, und ich habe mich gegen meinen Willen bewegt und mich in seine Richtung ziehen lassen. Statt Hals über Kopf aus dem Zimmer zu rennen, durch die halboffene Tür ins Freie, um von vornherein zu verhindern, dass eine Situation wie diese außer Kontrolle gerät, bleibe ich da, absolut passiv, verharre in einer Position, die gar nicht zu mir passt, und werde zu jemandem, der tröstet, ohne Worte, aber dabei ist, mit innerem Widerstand und doch einwilligend – wie kann ich das erklären? Herr Bergen lässt meine Hand nicht mehr los, streichelt sie zärtlich und keineswegs aufdringlich, doch der Druck seiner Hände an meiner, die Art, wie er sie festhält, lassen mich erahnen, wie verzweifelt er sein muss – in einem Ausmaß, das mich erschreckt. Ich werde zu einer Puppe, einem leblosen Objekt ohne Fleisch und Blut, und teile mich plötzlich in zwei ungleiche Hälften: auf der einen Seite bin ich, auf der anderen meine Hand, vollkommen dissoziiert. Und da ich nicht weiß, wie ich diesem verstörenden Intermezzo ein Ende setzen könnte, finde ich endlich meine Sprache wieder und stammle einen angemessenen Satz, der Frau Bergen ihre Stellung wiedergibt. Ich frage, wie es ihr geht, ob ihre Genesung voranschreitet, der operative Eingriff ist über zwei Wochen her, aber ich weiß nicht, ob ich ihn »Operation« nennen kann, ich will keinen gefährlicher klingenden Ausdruck verwenden als nötig, doch der Fachausdruck fällt mir im Deutschen nicht ein. Im Falle von Frau Bergen war es sicher nur eine operative Entfernung des Tumors. Infolge dieser Bedenken bleibe ich lange so stehen, meine Hand in der von Herrn Bergen gefangen, ehe ich wage, den Mund zu öffnen, denn mir fehlt ein einfaches Wort, mit dem ich mich befreien könnte. Meine Frage hat die Situation jedoch etwas entspannt, Herrn Bergens Tränen versiegen, er entschuldigt sich für seine Schwäche, und ich begleite ihn bis zum Fuß der Treppe, er geht nicht mehr ganz gerade und braucht ewig, bis er endlich im oberen Stockwerk ist. Ich kehre in mein Zimmer zurück, schließe die Tür ab und lasse mich auf mein Bett fallen. Und ich zittere für einen guten Teil der Nacht.

Die Tage, die auf diesen besonderen Abend folgen, reihen sich aneinander und ähneln sich. Herr Bergen ist von morgens bis abends außer Haus, völlig beansprucht von seiner Arbeit im Büro. Gegen neun Uhr steigt er in seinen VW-Bus. Thomas, der wohl ebenfalls Angst hat, sich gefühlsmäßig zu stark an mich zu binden, da ich bald abreise, kommt jeden Tag erst am späten Nachmittag nach Hause, meist mit Andreas, und die beiden Jungen schließen sich in Thomas' Zimmer ein. Nina geht fast jeden Tag zur Schule, aber wenn sie zu Hause ist und ich sie beschäftigen muss, vergehen die Stunden nur langsam. Meistens sitzt sie am Wohnzimmertisch und malt, oder sie schaut fern. Manchmal malen wir zusammen mit Wasserfarben. Ich beginne, ihr Französisch beizubringen. Wenn Thomas da ist, lernen wir zu dritt. Das sind die schönsten Momente, die wir zusammen verbringen, wenn die beiden Kinder wiederholen, was ich ihnen vorsage, mehrere Silben hintereinander, kurze Sätze, und ihr Akzent amüsiert mich. Ich werde ungewollt zum Stützpfeiler der Familie, werde in Beschlag genommen, bin unverzichtbar. Ohne dass mich jemand darum gebeten hätte.

Am Wochenende fahren wir zu Frau Bergen. Das Sanatorium, in dem sie untergebracht ist, liegt fast eine Autostunde von hier entfernt, ich sitze im Wagen auf ihrem Platz, und das ist ein komisches Gefühl. Ich bin es, die die Landkarte hält und Herrn Bergen sagt, wann er abbiegen muss. Frau Bergen ist blass und bleibt im Bett liegen, doch es scheint ihr ganz gut zu gehen, ihre Müdigkeit ist offenbar normal und nur vorübergehender Natur. Ich wage nicht, an die Brust zu denken, die unter ihrem Nachthemd fehlt, doch ich kann es nicht verhindern, ich denke auch daran, als ich mit ihr rede. Die Kinder sagen ein paar Worte auf Französisch, um ihr eine Freude zu machen, woraufhin Frau Bergen lächelt. Den Satz: »C'est bientôt l'été« – bald ist Sommer, sprechen sie perfekt aus.

Herrn Bergens Whiskykonsum steigt an. Ich gehe nur selten in die Stadt, weil es im Haus so viel zu tun gibt, ich gehe nicht mehr in die Stadtbücherei, wo ich ohnehin niemanden treffen würde, manchmal schlendere ich durch die Straßen des Zentrums und tue so, als interessierte ich mich für die Schaufenster. Ich lese nicht mehr, weder Thomas Mann noch *Mein Kampf*. Denn eine andere Geschichte beansprucht mich ganz und gar, jene, die sich inzwischen jeden Abend wiederholt, sobald die Kinder im Bett und die Lichter im oberen Flur gelöscht sind, der Hund in der Küche in seinem Körbchen liegt, sobald uns nichts mehr stören kann.

Als Herr Bergen erneut an meine Tür klopft, wenige Tage nach dem ersten Abend, verstehe ich nicht, was vor sich geht. Es ist, als würde ein Fremder in mein Territorium eindringen, der Mann, der vor mir steht, hat nichts mit *dem* Herrn Bergen zu tun, wie ich ihn tagsüber kenne, diskret und besonnen, zuvorkommend und aufmerksam, aber distanziert. Nein, der Mann, der es wagt, nach elf Uhr abends über die Schwelle meines Zimmers zu treten, ist ein ganz anderer, mir unbekannter Mensch, mit einem ganz anderen Gesichtsausdruck und Blick, der sich durch eine sonderbare Abwesenheit auszeichnet. Der Mann, der mich fragt, ob er auch nicht stört, ist ein Mann, der allem Anschein nach nicht mehr unterscheiden kann, was real ist und was nicht, was möglich ist und was nicht; er bewegt sich wie ein Automat, wie jemand, der sich von nichts aufhalten lässt, nach außen hin schwach, aber auch schrecklich entschlossen wirkt. Dieser Mann, zweifellos mit Whisky zugeschüttet, lächelt, als er mich betrachtet, oder besser gesagt, er verzieht das Gesicht und fixiert einen Punkt zwischen meinen beiden Augen oder ein Detail der Tapete hinter mir, er schwankt nur leicht, als er nun vor mir steht und mir sagt, dass er mich braucht. Und das verstehe ich perfekt, wie inzwischen viele Sätze. »Ich brauche dich«, ein Verb, das ich mag, genauso wie die englische Entsprechung: »I need you.« Ja, ich liebe dieses Verb, ich kann nicht sagen, warum, vielleicht weil es direkt ist, nicht indirekt wie im Französischen, wo es einen zu einem gekünstelten und bedachtsamen Umweg zwingt: J'ai besoin de toi – Ich habe Bedürfnis nach dir. Nachdem Herr Bergen die drei Worte »ich brauche dich« ausgesprochen hat, bleibt er weiterhin vor mir stehen, und ich habe den Eindruck, dass er wartet, ich weiß nicht genau, worauf. Jedenfalls begnügt er sich nicht mit meiner Wachsgestalt in fünfzig Zentimeter Abstand, die steif und starr bleibt, nein, er kommt noch näher, so nah, dass ich seinen Nikotinatem riechen kann, obwohl er gut einen Kopf größer ist als ich, und als er nun in meinem kleinen Zimmer steht, massig und ungelenk, muss ich an den Film *Frankenstein* denken, den ich vor einigen Jahren zusammen mit Simon und Leo im Fernsehen gesehen habe, zusammen mit unseren Eltern, an den Moment, als das Monster zum Leben erwacht und mit mechanischen Bewegungen beginnt. Herr Bergen nimmt mich in die Arme, zwischen dem Klappfenster und dem Schrank, er drückt mich an sich, aber nicht zu fest, und lehnt sich sachte an mich. Ich reagiere nicht, sondern warte nur, bis es vorbei ist, und begreife auf einen Schlag, dass das, was sich hier abspielt und nicht abspielen dürfte, böse enden kann. Dabei habe ich ihm weder den Zutritt in mein Zimmer verboten noch nein gesagt oder die Flucht ergriffen. Doch Herrn Bergens Umarmung fesselt mich und macht mich bewegungslos, weil sie mich an eine frühere Umarmung erinnert, die einzige, die ich je von einem Jungen erhalten habe, und dieser Junge war Simon, am Tag, an dem Leo seinen Unfall gehabt hatte. Ich spüre noch immer, wie Simon mich an sich drückte, mein großer Bruder und ich standen aneinandergeschmiegt wie zwei Kätzchen, dann nichts mehr, wir waren unfähig, uns zu umarmen oder auch nur zu berühren; als schmerze es zu stark, blieben wir getrennt.

Am darauffolgenden Abend steht Herr Bergen wieder da, vor meiner Tür und gleich darauf in meinem Zimmer. Er sagt nichts, versucht nicht, mir etwas zu erzählen, um mich für sich einzunehmen. Nein, er steht einfach nur zwischen meinen vier Wänden, und sein Atem füllt bald den ganzen Raum aus. Ich schwanke zwischen Angst und Faszination. Ich lasse ihn auf mich zukommen, wehre mich nicht, als er die Hände an meinen Hals legt, ich könnte verhindern, was dann geschieht, doch etwas in mir ist unerklärlicherweise einverstanden. Ich lasse es zu, dass Herr Bergen meine Schultern berührt, meine Schulterblätter, um dann an meinen Nacken zurückzukehren; ich schließe die Augen, um seinen Blick nicht zu sehen, um nicht auf das zu stoßen, was so merkwürdig in seinen Pupillen funkelt. Herrn Bergens Mund ist leicht geöffnet, befindet sich direkt oberhalb meines Kopfes, und sein Atem widert mich an, sein dicker Bauch berührt bald schon meine Brust, er könnte mich mühelos an die Wand drücken. Doch er bleibt stehen, ohne mich noch fester zu halten, streichelt nur über meine Haut, unten am Hals, dann wandern seine Hände über mein Gesicht, meine Wangen, Nasenflügel und Augenlider, meinen Mund, und diese lautlose Erforschung lässt mein Herz schneller schlagen; er kommt mir wie ein Blinder vor, der ein Gesicht in all seinen Einzelheiten mit den Händen erforscht, um es ganz genau zu erspüren. Ich lasse es zu, dass seine Hände durch meine Haare wandern, als wollten sie Strähne um Strähne zählen. Ich spüre seine Finger, die hartnäckig weitertasten, die suchen, wer weiß was versuchen, ich spüre, wie er seine Handflächen um meinen Kopf legt, wie seine Finger wieder zu meinen Augen gleiten, an meinem Mund verweilen, vielleicht in der Erwartung, dass ich meine Lippen leicht bewege und vielleicht sogar in der Hoffnung auf einen Kuss. Aber ich stehe wie leblos da, wie versteinert, fühle mich zwischen den Händen von Herrn Bergen nur als Objekt, als Puppe, die man bewegen, aber auch kaputtmachen kann. Ich denke an meine Puppe Isa, die letzte, die ich vor vielen Jahren zu Weihnachten geschenkt bekam, als alles noch in Ordnung war auf dem Angesicht der Erde, als das Leben uns nur kleinere Streiche spielte, wie an jenem 25. Dezember, den ich nie mehr vergessen kann, weil die Sprechpuppe, die ich mir gewünscht hatte, unbegreiflicherweise stumm blieb. Während Simon und Leo mit lautem Freudengeschrei ein Feuerwehrauto und eine Indianerausrüstung auspackten, drückte ich vergeblich auf den Knopf, der meine Puppe hätte zum Sprechen bringen sollen, doch aus dem versteckten Kästchen in ihrem Bauch kam kein einziger Laut. Ich drehte die Puppe hin und her, schüttelte sie und versuchte herauszufinden, was man genau tun musste, um sie zum Sprechen zu bringen. Doch ich musste mich geschlagen geben, denn trotz des Eingreifens meines Vaters und des Geschreis meiner Mutter musste ich irgendwann einsehen, dass die Puppe niemals auch nur den leisesten Ton von sich geben würde. Als ich nun in dem kleinen Zimmer stehe, zwischen den warmen Händen von Herrn Bergen, habe ich das Gefühl, die arme Puppe von damals zu sein, die nicht sprechen kann, ihrer wesentlichsten Eigenschaft beraubt und ein Wesen ohne Gehirn ist, das weder denken kann noch einen eigenen Willen hat.

Herr Bergen kommt jeden Abend wieder, seine Hände erforschen erneut mein Gesicht, meine Schultern und meine Haare, die er mit einem fast wilden Eifer streichelt. Wir stehen nicht länger in einem Winkel meines Zimmers, wo er seinen Atem über mich hinwegbläst, sondern er fordert mich auf, mich auf dem Bett auszustrecken, während er sich auf die Bettkante setzt, manchmal auch auf den Bettvorleger kniet. Danach geschieht das Übliche, Herr Bergen nimmt seinen Kopf zwischen die Hände, wie am ersten Abend, ich denke schon, dass er mich vergessen hat, aber nein – irgendwann blickt er wieder auf und betrachtet mich, eingehüllt in meinen dicken Pullover. Da sitzt er, etwas nachlässig gekleidet, die Hemdzipfel hängen aus seiner Hose, doch es ist ihm offenbar egal, wie er aussieht, er achtet nicht auf sein Äußeres, nur einmal habe ich einen Herrenduft an ihm gerochen, mit dem er sich offenbar eingesprüht hatte, ehe er zu mir herunterkam. Damals, als er mich richtig angewidert hat.

Zum Glück lief auf meinem kleinen Kassettenrekorder gerade die Musik von *Joy Division* und ich habe mich in die Stimme von Ian Curtis geflüchtet, mich an jeden seiner Töne geklammert, innerlich die Worte *I lost control* mitgesummt und mir gedacht, dass diese Worte vermutlich eine Warnung waren. Und deshalb nahm ich mir vor, auf keinen Fall den Boden unter den Füßen zu verlieren. Nichts passiert, Herr Bergen sitzt wie ein Teenager auf meinem Bettvorleger, doch dann wird mir kalt, und das lenkt seine Aufmerksamkeit wieder auf mich. Er reibt mir die Schultern, um mich zu wärmen, und sagt, ich solle mich unter die Decke legen. Herr Bergen bleibt nie lange, unweigerlich kommt der Moment, an dem er überstürzt geht, als müsse er sich retten, als hätte er plötzlich Angst. Er nähert seine Lippen meiner Schläfe, flüstert mir einige Worte ins Ohr, die ich niemals verstanden habe, etwas, das mit »Nacht« aufhörte. Vielleicht wünscht er mir nur eine »Gute Nacht«, aber sein Tonfall gibt mir zu verstehen, dass das, wovon er spricht, vermutlich völlig nichtssagend ist; eines Abends glaube ich sogar, dass er Französisch spricht, aber dann sage ich mir, dass ich mich verhört haben muss.

Ich frage mich, ob Thomas etwas gemerkt hat. Heute Abend war er beim Essen nicht wie sonst, er hat fast nichts gegessen und mich nur immer wieder spöttisch gemustert. Aber vielleicht bin ich so gehemmt oder fühle mich so schuldig, dass ich Thomas und Nina nicht unbefangen in die Augen schauen kann. Ich will kein Risiko eingehen, deshalb winde ich mich, weiche aus, springe während des Essens häufig auf, halte mich lange in der Küche auf, kauere vor dem Kühlschrank, gehe mehrmals hin und her, kann nicht stillsitzen. Ich spüre die Blicke der Kinder an meinem Rücken, auch den von Herrn Bergen, und das erdrückt mich, nimmt mir die Luft zum Atmen, und ich fühle mich beobachtet, plötzlich von Thomas und Nina abgelehnt. Aber vielleicht bilde ich mir das alles nur ein; die Kinder wissen nichts, ahnen nichts, sie haben andere Sorgen, Probleme, von den ich wiederum nicht die leiseste Ahnung habe, und die riesengroße Angst, ob ihre Mutter überlebt; sie können nicht ahnen, was sich Abend für Abend in meinem Zimmer abspielt, zu einer Uhrzeit, zu der sie schon tief und fest schlafen; sie sind noch Kinder, die sich in ihre Träume flüchten. Zumindest rede ich mir das ein. Woher kann ich aber wirklich wissen, ob Thomas das Kommen und Gehen seines Vaters nicht doch beobachtet? Thomas, der sich mir gegenüber inzwischen betont gleichgültig gibt, scheint mich nicht mehr zu begehren. Ich weiß nicht, was zwischen Thomas und mir am See ohne Grund geschehen ist. Wir waren so glücklich miteinander, so überrascht über unseren gemeinsamen, heimlichen Ausflug. Wir hatten geglaubt, das Leben sei einfach, weil wir etwas Verbotenes taten, weil es endlich nicht mehr regnete, weil wir uns von einer unerwarteten Kraft getragen fühlten und das Leben um uns herum nicht mehr existierte. Aber das Leben um uns herum hat uns wieder eingeholt, erlegt uns Pflichten auf, dominiert uns. Aus Angst, in Thomas verliebt zu sein, bin ich schroff zu ihm, vielleicht auch, um mich zu bestrafen. Ich müsste eine Pause haben, bräuchte etwas Abstand zwischen den einzelnen Besuchen von Herrn Bergen, man müsste diese verrückte Spirale anhalten. Ich müsste darüber reden, den Mut aufbringen, Herrn Bergen darauf anzusprechen, aber als was soll ich das bezeichnen, was wir jeden Abend erleben, wie soll ich ihm begreiflich machen, welche Gefahr es für die Kinder darstellt. Ich bin wütend auf Herrn Bergen, er ist der Erwachsene, er ist der Vater und trägt folglich die Verantwortung. Ich weiß nicht, welcher Platz mir in dieser Geschichte zukommt. Ich bin diejenige, die benutzt wird, aber nicht unschuldig ist, diejenige, die gern vorsichtiger wäre, das Ganze jedoch billigt. In meinem Innersten weiß ich, dass ich kein Opfer bin, ich mag das Mädchen nicht, das das alles zulässt, ich erkenne es nicht wieder, es stört mich. Aber dennoch existiert dieses Mädchen in mir; ist es vielleicht nur eine Doppelgängerin, die nur zwischen elf Uhr abends und Mitternacht in mir erwacht? Eine Wucherung, die sich aus mir herauswölbt, eine Vermehrung bösartiger Zellen? Ich mache mir Sorgen, ich habe mich auf eine gefährliche Bahn begeben, ich lasse etwas zu, dem ich nicht gewachsen bin, ich weiß, dass es eine schiefe Bahn ist, ich weiß, dass ich mich verliere, aber ich kann nichts aufhalten.

Wenige Monate vor meinem achtzehnten Geburtstag ziehe ich Bilanz: ein fremdes Land, eine fremde Sprache, ein fremder Mann, meine mir fremden Eltern, mein Bruder Leo, dessen Bild in immer weitere Ferne rückt, mein Bruder Simon, der mir entgleitet, und ich selbst – ein Körper, der mir fremd ist. Das sage ich mir am Morgen beim Aufwachen, als es mir nicht gelingt, einen Fuß auf den Boden zu setzen, obwohl das Licht schon längst durch mein Klappfenster hereinfällt. Das sage ich mir auch immer und immer wieder, als ich mit Nina an den Schienen entlanggehe. Ist es vielleicht die Erfahrung der Trauer? Alles ist mir so fremd, dass mir schwindelig wird.

Herrn Bergens Besuche werden nicht seltener. Ich glaube nicht, dass ich sie noch lange ertrage. Er ist es, der alles entscheidet und genau bestimmt, was sich in meinem Zimmer abspielt. Er streichelt mich, kaum dass er da ist, den Nacken, die Arme, das Gesicht, er küsst meinen Hals, ich schließe die Augen, um nicht von seinem konfusen Blick verwirrt zu werden. Dann fängt er an zu reden, das ist noch recht neu und fing an dem Tag des großen Sturms an, als der Wind durch das schlecht isolierte Klappfenster pfiff. Er sagt einen ersten Satz, wie immer mit seinem rollenden R, so dass ich schon wieder nichts verstehe, was mich kein bisschen stört, mir ist nicht danach, ihn zu verstehen, ich habe keine Lust, seinen Atem, sein Zaudern zu spüren, seine tränenerstickte Stimme und sein Atemholen zwischen zwei Wörtern zu hören. Er fährt mit seinem monotonen Singsang fort, und irgendwann frage ich mich, ob seine Sätze eventuell eine Frage sind, ob er etwas erwartet. Doch ich kann keinen fragenden Unterton erkennen, nein, was er sagt, entgeht mir völlig, vielleicht spricht er in dem komischen Dialekt, mit dem er mit seinem Vater redet? Er fährt mit seinem merkwürdigen Monolog fort, während ich ausgestreckt daliege, auf dem Bauch diesmal, weil er mich darum gebeten hatte, und ich muss aufpassen, dass ich nicht einschlafe, ich bin an diesem Abend ungewöhnlich müde, ich weiß nicht, ob ich will, dass die heimlichen Treffen mit dieser seltsamen Gestalt weitergehen. Herr Bergen verlässt mein Zimmer so überstürzt wie immer, und ich höre seine schweren Schritte die Treppe hinaufgehen. Ich weiß nicht, ob er noch auf ein letztes Gläschen ins Wohnzimmer geht. Ich verkrieche mich unter meine Decke und bin so erschöpft, als hätte ich einen Marathon hinter mir, jeden Abend habe ich dieses Gefühl, wenn Herr Bergen gegangen ist, ich fühle mich leer und hässlich, aber auch unentbehrlich.

Dann kommt ein Abend, an dem alles kippt, an dem ich verstehe, was Herr Bergen sagt, auf einen Schlag ist alles klar, ich verstehe jede seiner Formulierungen, begreife aber nur, dass er von dem orangefarbenen Kleid spricht, das Frau Bergen mir geschenkt hat, das Kleid, das ich am Abend ihres Geburtstags trug. Ich begreife nur, dass Herr Bergen mich bittet, das orangefarbene Kleid über meinen fröstelnden Körper anzuziehen. Er muss seine Bitte nicht wiederholen, und doch tut er es mehrmals, wie ein quengeliges Kind, das es nicht erwarten kann, bis seine Mutter auf es eingeht, und deshalb stehe ich auf, gehe an den Schrank und nehme das Kleid vom Kleiderbügel. Ich lasse den weichen Stoff über meinen Kopf gleiten. Herr Bergen besteht darauf, die Knöpfe über meiner Brust zu schließen, langsam und mit zitterigen Fingern. Während er das tut, zähle ich im Kopf die Tage, die mich noch von meiner Rückkehr nach Frankreich trennen. Auch an den folgenden Abenden äußert Herr Bergen dieselbe Bitte, die ich wie ein kleiner Roboter erfülle. Ich hebe die Arme, schiebe sie durch die Armlöcher, ziehe mir den Stoff über die Hüften, und dann schließt Herr Bergen die Knöpfe vorne am Oberteil. Ich bin barfüßig, und es kommt mir lächerlich vor, wenn mich Herr Bergen in die Arme nimmt, und jedes Mal habe ich etwas mehr Angst vor dem, was geschieht, und eine dichte Angst bemächtigt sich meiner, dringt mir bis ins Mark, eine Angst, die mir Magen und Kehle zuschnürt, so dass ich kaum noch Luft bekomme. Während Herr Bergen unter dem Stoff meine Haut sucht, sage ich mir jeden Abend, dass es das letzte Mal sein wird, denn das Spiel ist einfach zu kompliziert, ich fürchte, dass Herr Bergen mein Zimmer nicht mehr verlässt und dieses Geschehen die ganze Nacht andauern könnte. Aber ich hindere ihn nicht an seinem Tun, ich bin neugierig, unfähig, nein zu sagen, fasziniert von seinem Interesse für mich. Aber bin es wirklich ich, diese junge Frau, die von Herrn Bergen gestreichelt wird? Ich hasse mich und mir ist kalt.

Simons Brief, der an diesem Morgen ankam, ist nur eine Seite lang. Er redet nicht lange um den heißen Brei herum und sagt mir unverblümt, dass er demnächst von zu Hause ausziehen wird. Er will mit seiner Freundin Edith zusammenziehen und auch sein Studium an den Nagel hängen, was ich seit Wochen schon kommen sah. Die Eltern erwähnt er nur am Rande, aber ich begreife trotzdem, dass sich ihr Verhältnis nicht verändert hat, immer noch zerbrechlich und von Schuldgefühlen geprägt ist. Er erzählt von einer Arbeitsstelle, die er im Sommer anzutreten hofft, Ediths Vater wird ihn in seiner Firma unterbringen, er sieht die Zukunft als kinderleichte Gleichung aus Faktoren wie Liebe, Freiheit und Geld. Er sieht die Zukunft als weit offen stehende Tür, als eine Möglichkeit, zum Mann zu reifen. Nicht genau die Art von

Mann, die er erträumt hatte, doch das macht keinen großen Unterschied, für ihn gibt es nur noch Edith, er vergisst, dass er Pläne hatte, Journalist werden wollte, um Artikel zu verfassen, die die Welt beschreiben, seine Sicht der Dinge zu schildern; er sagte, er träume von Objektivität, wolle durch das Schreiben die Welt neu erfinden; das war etwas, das in ihm schlummerte, eine seltene Kraft und ein seltener Elan, der Wunsch, sich an die Menschen zu wenden, ihnen vielleicht auch von sich selbst zu erzählen, ein Verlangen, das, wie ich hoffe, noch nicht ganz erlahmt ist. Er schreibt, dass er weggeht, den Eltern aber noch nichts gesagt hat, zuerst muss er wissen, wann ich zurückkomme. Und da wird mir klar, dass Simon alles von mir erwartet, und mir wird bewusst, welche Macht ich dadurch habe. Ich muss heimkehren, damit er weggehen kann, ich soll den Platz einnehmen, den er bislang innehatte, wieder zum Kind meiner Eltern werden. Das einzige Kind in einer zu großen Wohnung. Wie kann Simon mir diese Verantwortung aufbürden? Wie kann er nur an sich denken? Ist die Liebe daran schuld? Ich würde Simon gern bitten, mich von hier wegzuholen, er könnte kommen und mich retten, mich den Händen von Herrn Bergen entreißen.

Doch meine deutsche Geschichte ist noch nicht ganz zu Ende. Es bleibt ein letzter Abend, eine letzte Prüfung. Ich überlege, ob ich das orangefarbene Kleid anziehen soll, bevor Herr Bergen zu mir kommt. Ich möchte seinem Wunsch zuvorkommen, aber etwas hindert mich daran. Vermutlich will ich ihn nicht um das Vergnügen bringen, mir jede Bewegung vorzuschreiben. Ich traue mich nicht, ihm zuvorzukommen, ich unterscheide zwischen zusammenarbeiten und Befehle ausführen. Es gibt Grenzen, die man nicht überschreiten darf. Herr Bergen nimmt den Faden da auf, wo wir ihn beim letzten Mal fallen ließen. Er beginnt in einer Sprache zu reden, die ich verstehe, auf Deutsch zuerst, einige besänftigende Worte in einem langsamen Rhythmus, dann wechselt er zu Französisch über, kein Zweifel, er sagt einen ganzen Satz auf Französisch, als er nun vor mir steht. Er weicht meinem Blick aus, als er weiterredet und sachte meine Handgelenke festhält, und ich drehe den Kopf weg, ich will nichts mehr hören, ich ziehe mich in mich selbst zurück. Meine Zähne beginnen zu klappern, ich erstarre in dem orangefarbenen Kleid, mir ist plötzlich kalt, und ich denke an das Bett, das mich in Frankreich erwartet, an die Decken in meinem Mädchenzimmer, unter die ich mich verkriechen möchte. Ich denke an meine Puppe Isa, die achtlos in einer Ecke sitzt, an meinen Schreibtisch am Fenster, meine kleine Bibliothek mit den Büchern, die ich im Gymnasium gelesen habe: *Der Zauberberg* auf dem oberen Regalfach, *Der Fremde* von Albert Camus, *Der Verwaiser* von Samuel Beckett, ich sehe im Geiste jedes der im Unterricht durchgenommenen Bücher wieder vor mir, während Herr Bergen auf Französisch mit mir spricht; ich versuche, keines zu vergessen, *Die große Herde* von Jean Giono, *W oder die Erinnerungen an die Kindheit* von Georges Perec, ich sehe die Tapete mit den großen braunen Blumen wieder vor mir, den Spiegel, vor dem ich meine Haare so radikal abgeschnitten habe, *Das Spiel von Liebe und Zufall* von Marivaux, *Die schmutzigen Hände* von Jean-Paul Sartre, *Kindheit* von Nathalie Sarraute, ich sehe das Poster von Mick Jagger und Keith Richards, das ich mit Stecknadeln an die Wand geheftet habe; während Herr Bergen vor mir steht und in meiner Sprache zu mir spricht, mit einem starken Akzent, gehe ich im Geiste alle Einzelheiten des Zimmers durch, das mich erwartet, meine kleine Goldkette in der Schatulle aus Buchsbaumholz, Leos Armbanduhr in meiner Schreibtischschublade, ich zähle auf, was mich mit meinem früheren Leben verbindet, ich versuche, mich nicht von Herrn Bergens Worten durchdringen zu lassen. Dann schlägt er mir vor, mich aufs Bett zu setzen, kann meine Panik etwas mildern, er sagt mir, dass er sich Zeit lassen wird, dass wir die ganze Nacht haben und er nur reden möchte. Die Geschichte von Herrn Bergen hat auch mit dem Französischen zu tun, ich habe es geahnt, aber nicht gewusst, dass er die Sprache seiner Mutter noch kennt. Er sagt mir, dass er von Kindesbeinen an Französisch spricht, dass sein Vater es ihm beigebracht hat, Tag für Tag, in der kleinen Wohnung in Hamburg, die sie nach ihrer Rückkehr aus Frankreich bezogen hatten. Da ich keine Fragen stelle, als ich nun neben Herrn Bergen auf meinem Bett sitze, redet er weiter, während er auf den Schrank starrt, und erzählt mir, dass er erst wenige Tage alt war, als seine Mutter starb, und er sich deshalb nicht an sie erinnert. Er sagt nicht, woran sie gestorben ist, ich will es mir auch gar nicht vorstellen. Seine Mutter war eine der Frauen, die nach der Befreiung kahlgeschoren wurden, weil sie eine Verräterin war, einen deutschen Soldaten geliebt und gewagt hatte, von ihm ein Kind zu bekommen. Eine der Frauen, die einen Deutschen bei sich aufgenommen hatte, natürlich nur heimlich. Er macht eine lange Pause. Dann fährt er fort und erzählt mir, dass danach keine andere Frau bei ihnen wohnte, dass Französisch ihre Umgangssprache war, sein Vater unglaubliche Erwartungen an ihn hatte und das Deutsche nicht mehr ertrug. Er wollte nach dem Ende des Kriegs aber nicht in Frankreich bleiben, sondern hatte an Dänemark gedacht, wo die Menschen weniger misstrauisch waren, doch dann wären sie schon wieder ohne Wurzeln gewesen. Deshalb sind Vater und Sohn in der Nähe von Hamburg geblieben, wo der Vater von Herrn Bergen wie Hans Castorp, der Protagonist im *Zauberberg*, in der Importabteilung einer Schifffahrtsgesellschaft arbeitete, und wenn Herr Bergen nach der Schule vom Sport kam, ging er zu ihm in die

Lagerhalle. Er hatte keine Geschwister und war viel allein in der Wohnung. Bei diesen Worten bekam ich einen Schreck: Herr Bergen hatte also vermutlich alles verstanden, was ich im Laufe der beinahe sechs Monate am Telefon gesagt hatte. Und ich hatte mir nichts dabei gedacht, wenn er bei meinen abendlichen Telefongesprächen mit meiner Mutter im selben Zimmer war! Dabei hat er all meine Lügen gehört, meine kleinen Beschönigungen, er konnte die Schimpfwörter verstehen, mit denen ich seine Kinder manchmal bedachte, er muss sich gefragt haben, was für traurige und dümmliche Songtexte ich am Bügeltisch für Leo verfasst habe! Herrn Bergens Anwesenheit und das, was er mir soeben anvertraut hat, stürzt mich in ein inneres Chaos, ich stehe kurz davor, ihn zu bemitleiden, ich bin gerührt, spüre, dass ich schwach werde und einen Moment lang versucht bin, mich ihm gegenüber ebenfalls zu öffnen. Ich würde ihm gern von Leo erzählen, ihm im Gegenzug auch ein Geheimnis erzählen; jeder hat einen Tod zu beklagen, endlich stehen wir auf gleichem Fuße, aber etwas hindert mich daran, meine Trauer mit Herrn Bergen zu teilen, etwas sagt mir, dass wir unsere Toten und Verluste nicht in einen Topf werfen können. Ich schäme mich in Wirklichkeit für den Tod meines Bruders, ein alltäglicher Tod, der nicht in die Geschichte eingehen wird, ein Tod, der nichts bedeutet, nur ein persönliches Drama ist, für das niemand verantwortlich ist. Ein unbedeutendes Ereignis, das kein Symbol darstellt, mir keine Zugehörigkeit verleiht, mir nicht erlaubt, für irgendetwas einzutreten. Ich fühle mich erbärmlich, fast schuldig, weil ich nicht auf der Seite der Opfer der Geschichte stehe, sondern nur einen Bruder verloren habe, der dummerweise bei einem Mofaunfall ums Leben kam. Also bleibe ich stumm, ich behalte für mich, was niemand mit mir teilen kann, ich bleibe mit Leos Tod allein, und mir fällt ein, was ich während der ersten Wochen nach dem Unfall gehört habe: dass der Schmerz nachlassen wird, dass die Zeit alle Wunden heilt, dass es vor allem für meine Eltern schlimm sein muss, denn ein Kind zu verlieren gehört mit zum Schlimmsten, was einem widerfahren kann, ja, das sagten die Leute, die Verwandten, jene, die es wissen müssen, die Nachbarn, die wir im Treppenhaus trafen, hin und wieder hörte ich Gespräche dieser Art mit, und mein Magen zog sich bei derart grausamen Worten schmerzhaft zusammen. Der Verlust eines Bruders ist ein Klacks, gemessen am Verlust eines Kindes. Und wenn man Leos Unfall erst mit dem Zweiten Weltkrieg vergleicht, den Irrsinn von Adolf Hitler, dem Inhalt von *Mein Kampf*, den Gaskammern, den kahlgeschorenen Frauen, dem Bau der Mauer – wenn man Leos Mofa auf die Waagschale legt, das Mofa, das auf dem feuchten Asphalt ausgerutscht ist, und andererseits die Millionen von Menschenleben, die der Nationalsozialismus gefordert hat, kann man nur müde lächeln. Ich frage mich, ob es unterschiedliche Arten von Schmerz gibt. Für mich ist der Tod kein Held und auch kein Schweinehund, Leos Tod hat keinen Sinn. Es gibt nichts zu erzählen. Folglich kann ich nur schweigen und den Verlust meines kleinen Bruders in aller Stille tragen. Herrn Bergen Französisch reden zu hören tut mir gut, es ist, als könne ich wieder ich selbst werden, meine Fähigkeiten wiederfinden, zu meiner eigenen Geschichte zurückkehren. Meine Kräfte kehren zurück, etwas in mir entspannt sich, nachdem ich mich verkrampft hatte, das Blut, das wieder durch meine Adern zu fließen beginnt, gibt mir das Gefühl für Nuancen und zum Widerstand zurück. Ich muss nicht lange nach Worten suchen, als Herr Bergen mir vorschlägt, die Nacht oben in seinem Schlafzimmer zu verbringen, ich weiß, was ich zu antworten habe, als er sagt, ich solle neben ihm im Elternschlafzimmer schlafen. Vor einigen Tagen hatte ich noch Angst, eine andere zu werden, Frau Bergens Platz einzunehmen und in ihre Haut zu schlüpfen, ich hatte befürchtet, in einen Zustand zu gleiten, aus dem es keine Umkehr gibt. An diesem Abend aber fühle ich mich endlich frei und kann klar und deutlich sprechen. Ich bitte Herrn Bergen auf Französisch, mein Zimmer zu verlassen, ich stehe aufrecht vor ihm, mit einem ganz neuen Selbstwertgefühl. Nichts ist mehr kompliziert, ich fordere ihn auf, mich allein zu lassen. Und die schlichte Tatsache, dass ich die Sprache wiedergefunden habe, dass endlich wieder Laute aus meinem Mund kommen, ist richtig befreiend. Ich werde meine Abreise um einige Tage vorverlegen, Thomas und Nina ein letztes Mal in die Arme schließen. Ich hoffe, dass das Leben nachsichtig mit ihnen sein wird. Sie werden mir fehlen.

Ende

Brigitte Giraud

Die Liebe ist doch sehr überschätzt

Aus dem Französischen von Anne Braun

Band 17922

Liebesgeschichten enden im Allgemeinen schlecht. Zumindest enden sie. Ohne Pathos, ohne Klischee, mit Zartheit und Sanftmut, entlarvt Brigitte Giraud den Alltag der Beziehungen. Elf Momentaufnahmen über die Liebe. Elf Mal Trennung, Es-den-Kindern-sagen, jemanden vermissen, einen Platz im Leben suchen, gemeinsam Nacht und Tag erleben, verlieben und sterben. Brigitte Giraud erzählt von Enttäuschung und Ratlosigkeit, von Arrangements mit der Lüge, von Brüchen und Zerrissenheit und von verlorener Leidenschaft. Sie schreibt einfach und doch voller Zwischentöne über Banalitäten, die keine sind, über zu viele Schlafzimmer und zu wenig Sex. Die Liebe ist doch sehr überschätzt. Es lebe die Liebe.

»Die Liebe überlebt die Trauer über die Liebe!«
Libération

»Giraud schreibt mit einer großen Sensibilität für die beiläufige Bemerkung oder die kleine Geste, die schon das ganze Ausmaß der persönlichen Tragödie enthält.«
Frankfurter Allgemeine Zeitung

Fischer Taschenbuch Verlag

fi 17922 / 1

Brigitte Giraud

Das Leben der Wörter

Roman

Aus dem Französischen von Anne Braun

Band 17222

Gedichte, Flussmündungen und höchste Berge. Die Schule bietet Nadia neue Horizonte und lässt sie der Enge ihrer Familie entfliehen. Und alles kann sie in der Schule lernen, alles, bis auf die Wahrheit über ihre frühe Kindheit, ihre verlorene Mutter und die Heimat Algerien. Aber sie lernt, ihr Leben mit Wörtern zu füllen und so ein Stück weit das Verlorene wiederzufinden.

»Dieser wunderschöne Roman über das Leben
als Suche nach den eigenen Wurzeln leuchtet in
allen Regenbogenfarben der Poesie
und ist geprägt von Anmut und Tiefe.«
Le Monde des Livres

»Eine Faszination des Lauernden, Drohenden,
der man sich nicht entziehen kann.«
Deutschlandradio Kultur

»Bewegend.«
Die Literarische Welt

Fischer Taschenbuch Verlag

fi 17222 / 1